U0042937

111個最難忘的故事

第4集
十二扇窗

劉旭恭、陳景聰、黃文輝
陳素宜、王宇清、石麗蓉 等｜合著
黃基博、王春子、鄭宗弦
林雅萍｜繪

序一

最初的耳語者仍未走開

黃雅淳
國立臺東大學兒童文學研究所副教授

你是否還記得自己第一次的閱讀經驗？如果讓你選擇一個童年時期最難忘的故事，那會是什麼？為什麼？新疆作家李娟曾寫下她第一次讀懂文字意義時的震撼：

好像寫出文字的那個人無限湊近我，只對我一個人耳語。這種交流是之前在家長老師及同學們那裡不曾體會過的。那可能是我最初的第一場閱讀，猶如開殼中小雞啄開堅硬蛋殼的第一個小小孔隙。（〈閱讀記〉）

這個閱讀體驗打開了她身在遙遠的阿勒泰哈薩克部落中的一扇門，從此通向更廣大世界。

榮格心理分析學派對人類心靈有一個假設，認為人的內在有一個核心真我（Self，或稱「自性」），它對每一個獨特生命的發展有獨特的意圖，它發展的目的是要成為一個完整、獨特又真實的自己。榮格考察不同民族的宗教、神話、傳說、童話與寓言，得到所有人類共有的幾種原型。他認為原型故事在文學的位置就如同單細胞般的存在，擁有不停被演繹的可能性，所以可以跨越時間與文化，觸動不同的心靈。

這套《111個最難忘的故事》邀請了臺灣四十位老中青不同世代的兒文作家，各自採集童年最難忘的故事，改寫為八百字短篇故事，並說明這個故事令他難忘的原因。奇妙的是，這些被記錄的故事大多是中西方神話、童話等民間文學，以及口傳的家族故事。這似乎驗證了榮格分析學派的理論，這些仍圍繞在我們身邊的古老神話、傳說與童話，必然存在著與當代人心靈仍能相應的精神內涵，呼應著述說者各自的內在狀態。當我們對某些故事特別有所感時，或許它正與我們生命中的主旋律合拍共鳴。而當這些跨越文化與時空的原型故事出現在我們眼前，講述者與聆聽者也將投射自己的經驗、想像與理解在其中，進而看見故事中的智慧與體悟如何回應著我們當下的生命處境。如此，故事往往會從一個古老的「他者」故事變成「我的」故事，而同一個故事也會因為一再被傳述而延續，成為人類共同的文化記憶與資產。

所以，當我們閱讀這些被不同世代作家所採集或重寫的童年難忘故事時，似乎看見當年對這些作家訴說的神秘耳語者仍未走開，它仍透過故事對每一個讀者訴說著屬於他，或許也將屬於我們的心靈祕密與寶藏。

5 最初的耳語者仍未走開

序二

以新時代語言 傳遞雋永故事

～臺灣首度跨世代故事採集～

馮季眉 字畝文化社長兼總編輯

作家是最會說故事的人！而他們小時候，一定也有人為他們說好聽的故事。那些好聽的故事，讓他們成為愛聽故事、愛寫故事、愛分享故事的人，並且用自己釀造的故事，豐富這個世界，也回應飽含故事滋養的童年不時對他們發出的召喚。

有一次和幾位兒童文學作家朋友相聚，故事高手們見了面，七嘴八舌，不是說八卦，而是說故事。童書作家的腦子和肚子裡，似乎隨時裝滿各式各樣、五顏六色、神奇精采的故事，它們活潑又充滿生機，不時會淘氣的跑出來玩。這樣的聚會，簡直像是一場交換故事的遊戲，彼此交換正在進行以及還在醞釀中的故事。就這樣，每個說故事的人都換到好些有趣的故事。在兒童文學還沒有成形以前，故事都以口傳方式流傳，這種互相交換故事的遊戲，不正是故事採集與書寫的源頭嗎？透過採集與書寫，使得原本僅僅流傳於一時一地的口傳文學，能夠代代相傳而成為人類社會共享的資產。

這個交換故事的有趣經驗，促使我想將它轉化為童書編輯計畫，邀集分屬不同世代、不同成長背景的臺灣兒童文學作家，一起回顧童年聽過或讀過、迄今仍印象深刻的故事，改寫重述，說給後來的小讀者聽，讓雋永、有趣的故事，透過不同世代、透過新的語言與感知，傳遞下去。

特約主編玫靜向數十位兒童文學作家發出邀請，共有四十位作家共襄盛舉，並各自提出幾個「最難忘的故事」。主編淘汰重複的選題，確定篇目之後，由作家將原本的故事提煉濃縮為短篇故事，以當代的語言進行改寫重述。這就是這一套《最難忘的故事》的誕生過程。

這應是臺灣首度進行「向不同世代的作家採集兒時故事」。首批採集結果，收集了一百一十一個故事，包括童話、寓言、神話、民間故事等多元類型，故事來源則涵蓋古今中外的兒童文學名著、未經書寫的口傳故事……。主編精心編輯，將一百一十一個故事分為四集，每集二十七至二十八個故事，篇篇搭配全彩插圖，讓兒童閱讀文字的同時，也閱讀豐富的圖像，豐富視覺、激發想像。

為什麼將故事篇幅設定為八百字呢？這是考量兒童聽說讀寫的時間、速度、能力，特地做的安排。八百字的短篇故事，適合兒童隨時隨地利用零碎時間閱讀，只要短短幾分鐘，便能充分享受一則故事的樂趣。八百字故事，也適合做為親子共讀的床邊故事，慢慢講述，口讀時間約是五分鐘。題材多元的短篇故事，同時也是校園晨讀、課堂「迷你閱讀」、說故事與朗讀練習的好素材。由於同一集所收錄的故事類型、題材、來源，具高度異質性與多樣性，小讀者手持一書，便得以穿越時空、出入古今，這種閱讀體驗，相對於閱讀一本單一主題的書，更富於變化也更新鮮有趣。

世上應該沒有不愛聽故事的孩子。但願我們都能像《一千零一夜》裡的莎赫札德，面對「再說一個故事好不好」的要求，總有說不完的故事。《最難忘的故事》請來臺灣最傑出、知名的兒童文學作家，為孩子們獻上一百一十一個精采的故事。這，只是字畝文化推出臺灣版「莎赫札德」說故事的開始喔……。

目錄

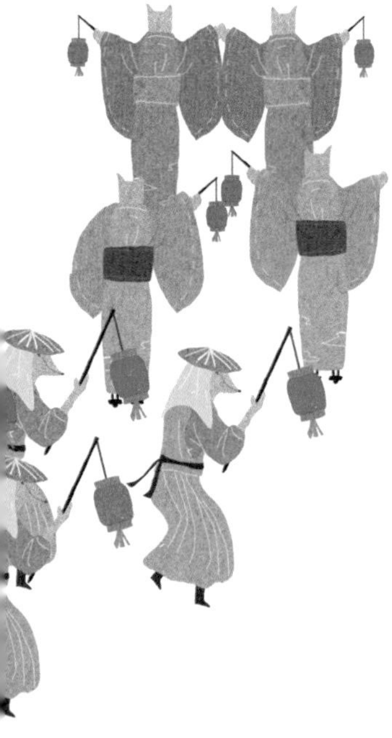

十二扇窗

故事採集・改寫／劉旭恭
故事來源／格林童話

從前有一位公主住在城堡裡，她的房間有十二扇窗戶，從窗戶看出去，不管是天上或地下的東西，一切都看得清清楚楚，沒有一樣可以躲過她的視線。

公主說：「如果有人能躲起來讓我找不到，我就嫁給他。」

很多人來挑戰，有的躲在山洞裡，有的藏在地道中，有的躲在草堆裡，但是他們都被公主找到了，而且她只從第一扇窗戶看出去就找到了。

公主很喜歡玩這個找找看的遊戲。

有一天，三兄弟也想來挑戰，大哥躲到煙囪裡，二哥藏在地下室，但是他們立刻被公主發現了，只好垂頭喪氣的走出來。只剩下小弟了，他想不出辦法，於是請公主給他一些時間，而且希望可以給他三次機會，公主答應了。

小弟走到田裡，這時有一隻烏鴉飛過，他正想拿槍瞄準時，烏鴉說：「求求你！放過我。」於是他放下槍請烏鴉幫忙。烏鴉拿起一顆裂開的蛋，將小弟藏進去，再把蛋殼縫起來。

公主看了第一扇窗戶，沒發現那位年輕人，她有點緊張，接下來的幾扇窗戶也都沒看見，直到第十一扇窗戶，她終於發現了他！

公主說：「你還有兩次機會！」

小弟走到河邊，有一條小魚游過，他正想拿網子抓魚，小魚說：「求求你！別抓我。」於是他收起網子請小魚幫忙。小魚張大嘴巴，將小弟吞進肚子裡，再游進石頭堆裡躲起來。

公主看了第一扇窗戶，沒發現那位年輕人，一直到第十一扇窗戶也都沒看見，她很緊張，不過，在第十二扇窗戶，她終於發現了他。

公主說：「你只剩最後一次機會了！」

小弟走進森林，有一隻狐狸倒在地上，很痛苦的樣子，小弟幫狐狸把刺拔出來，狐狸說：「謝謝你，你在煩惱什麼呢？」於是他請狐狸幫忙。

狐狸帶著小弟跳進泉水裡，結果狐狸變成一位商人，小弟變成了一隻可愛的小兔子。

他們到市場擺攤，大家都圍過來，最後公主也來了，她買下小兔子，狐狸偷偷對小弟說，要記得藏到公主的頭髮裡。

公主回到城堡，小兔子立刻跳進她的長頭髮裡躲起來。公主看了第一扇窗戶，沒發現那位年輕人，接下來的幾扇窗戶

也都沒看見，一直到第十二扇窗戶，公主還是沒找到他！

公主很生氣，氣得用力拉扯自己的頭髮，小兔子只好跳出來，公主說：「別來煩我，快滾開！」

小兔子趕快跑去商人那裡，他們一起跳進泉水中，又變回狐狸和年輕人。

於是小弟和公主結婚了，他們過著快樂的日子，不過，他從來不曾告訴公主他到底躲在哪裡。

難忘心情

小時候我有三本厚厚的《格林童話》，書本裝幀得非常精美，插圖很漂亮，〈十二扇窗〉就是其中一篇，我對於故事裡的窗戶印象非常深刻，好希望自己的房間也有「可以看到任何東西」的窗戶。

說故事的人

劉旭恭，從小讀故事書長大，喜歡看電影、游泳和無所事事，目前從事畫畫和寫故事的工作。出版作品有《好想吃榴槤》、《請問一下，踩得到底嗎？》、《五百羅漢交通平安》、《橘色的馬》、《只有一個學生的學校》等。

豌豆莢裡的五顆小豌豆

故事採集．改寫／管家琪

故事來源／安徒生童話

一個綠綠的豌豆莢裡有五顆小豌豆，他們親親熱熱的簇擁在一起，非常和睦。

不久，豌豆莢慢慢成熟了，顏色開始逐漸轉黃，五顆小豌豆七嘴八舌的嚷嚷著：「哎呀，我們的世界開始變黃啦！」

他們知道很快就會脫離這個擁擠的豌豆莢，到外面的世界去，大家都感到有些興奮和緊張。

終於有一天，他們都感覺到豆莢震動了一下，被人給摘下來了。其中一顆小豌豆說：「我們很快就要被打開了吧？我想知道我們之中誰會走得最遠！」

其他的小豌豆也紛紛附和道：「是呀，看誰能走得最遠！」只有最大的那一顆豌豆毫不在意，只說：「該怎樣就怎樣吧！」

這天，豆莢真的被打開了，五顆小豌豆全都滾到陽光下，落在一個小男孩的掌心裡，男孩把他們通通塞進一把玩具槍當作子彈，再把玩具槍舉起來向天空發射。

第一顆小豌豆說：「現在我要飛向廣大的世界了！如果你能抓住我，就請你來吧！」

說完，他就飛走了。

第二顆小豌豆豪情萬丈的宣布：「我要直接飛進太陽裡！」

第三和第四顆小豌豆說：「不，我們能飛得更遠！」

最後一顆，也是個頭最大的那顆小豌豆還是說：「該怎樣就怎樣吧！」

他被射到空中，最後落在一棟舊房屋的頂樓，一扇窗子下面，正好鑽進一個長滿了青苔和黴菌的裂縫裡，青苔很快就把他給包

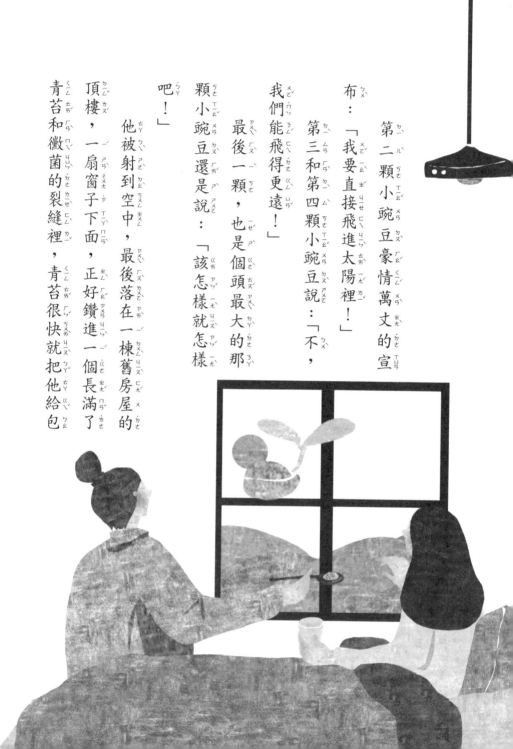

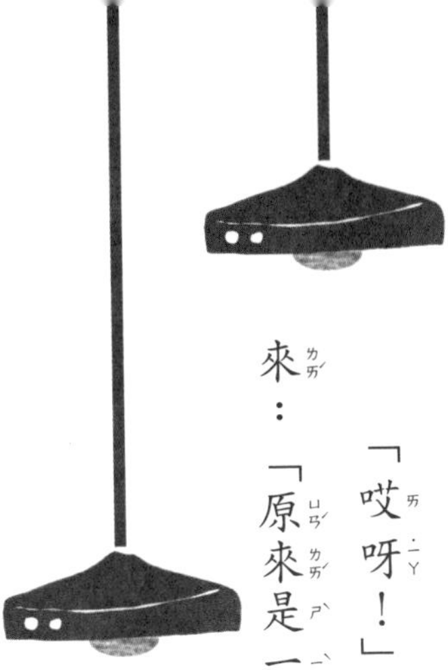

裹起來，他就這樣躺在那兒不見了。

在這扇窗戶裡，住的是一對窮苦的母女，而且女孩的身體很不好，已經臥床將近一年了。

春天，在一個陽光特別充足的早晨，當母親正要趕著出門去做那些辛苦的工作時，女孩望著最低的那塊窗玻璃，察覺到有些異樣。

「媽媽，玻璃窗外好像有一個綠綠的小東西？那是什麼呀？你看到了嗎？它正在風中搖動哪！」

母親走到窗邊，把窗子打開一半。

「哎呀！」母親驚喜的叫起來：「原來是一顆小豌豆！還長出

小葉子來了！奇怪，它是怎麼鑽到這裡來的？孩子啊，現在可有一個小花園來供你欣賞了！」

母親隨即搬動女兒的床，讓她更挨近窗子，好讓她可以更清楚的看到這顆正在生長的小豌豆。

母親高興的說：「這一定是上帝親自種下的，好讓它成為我們的希望和快樂！」

女孩也微笑的說：「我真的覺得好多了，今天我一定要多曬曬太陽！我一定要趕快好起來，早日走進溫暖的陽光裡！」

至於其他四顆小豌豆呢？不是被鴿子吃掉，就是掉到水溝裡或是泥土裡，總之一點用處都沒有了。

難忘心情

我覺得這篇故事的主旨，和美國「短篇小說之王」歐亨利（1862-1910）的名篇〈最後一片葉子〉有異曲同工之妙，都是在講「希望」的重要，同時也在彰顯：一個人只要有強大的精神意志，就能帶來很大的改變。

說故事的人

管家琪，兒童文學作家，曾任《民生報》記者，後專職寫作至今。目前在臺灣已出版創作、翻譯和改寫的作品逾三百冊，在香港、馬來西亞和中國大陸等地也都有大量作品出版。曾多次得獎，包括德國法蘭克福書展最佳童書、金鼎獎、中華兒童文學獎等等。

作品曾被譯為英、日、德及韓等多國語文，並入選兩岸三地以及新加坡的語文教材。經常至華語世界各地中小學與小朋友交流閱讀與寫作，廣受歡迎。

老工匠的祕密

故事採集．改寫／傅林統

故事來源／新疆民間故事

從前有個喜愛收藏寶物的國王，無數的寶藏中，他特別偏愛一個精緻華貴的瓷瓶，國王把它鄭重的安置在大殿的金臺上，派士兵日夜看守。

有一次，國王從戰場凱旋回宮，勝利的號角聲大響，聲浪一波波震撼四周，撼動了瓷瓶，瓷瓶掉到地上破碎了。國王傷心極了，氣急敗壞，召集全國陶瓷工匠，下令：「你們必須把瓷瓶拼合恢復原狀，不能有痕跡，否則休想活命！」

工匠們全都束手無策、哀聲嘆氣，拿不出辦法。有一天，工頭忽然擊掌大叫：「對！找退休鄉居的維斯曼爺爺去！」

百歲老工匠維斯曼接受請託，從早到晚聚精會神拼合，直到太陽下山，才搖搖頭說：「不行，再也無法拼合了！」

連被認為是神工鬼斧的維斯曼爺爺都做不到，工匠們傷心的哭成一團，工匠頭阿里邊哭邊問：「這樣，我們是不是沒有希望了？」

「不！我不會見死不救，你們就到國王那兒說：請給一年的期限。我會在期限內想出辦法的。」

這一年，維斯曼爺爺悄悄的躲在工作室裡研究。一年過去了，國王認為工匠們沒有完成命令，把他們連綁帶拖的帶進刑場，準備處死。

當行刑的鼓聲響起時，維斯曼爺爺騎著驢子來了，後面跟著孫兒哲弗爾和孫女蓓蒂，哲弗爾還小心翼翼的抱著一包東西。老人來到國王面前，用顫抖的手打開孫兒手上的包裹，出現的是金光閃閃的瓷瓶。國王高興的仔細端詳，驚奇的歡呼：「喔！好極了！跟原本的樣子分毫不差！」

大家都鬆了一口氣，紛紛跑到維斯曼爺爺面前致謝，國王也釋放了所有工匠。從此，維斯曼爺爺的名聲遠播，工匠們都想向他學習拼合瓷瓶的訣竅，爺爺面對請求，只是冷靜的回應：「其實我並沒有什麼訣竅，我只是跟大家一樣捏陶土、燒陶瓷而已；我從小就喜歡這種事情，所以做起來格外專心，其他並沒有什麼祕訣。」

工匠們哪肯聽信，始終認為爺爺隱藏了什麼祕密，就連從小跟隨爺爺學習陶藝的孫兒、孫女也這麼想。

有一天，哲弗爾和蓓蒂向爺爺懇求說：「請爺爺把拼合陶瓷的祕訣，傳授給我們好嗎？」爺爺卻默默的一句話都不說，而且從那一天起，爺爺又獨自躲進工作室捏陶了。哲弗爾傷心的想：「到底為什麼？爺爺的祕訣，連自己的孫兒都不肯傳授呢？」

有一天，爺爺又推著車子到市場去賣陶瓷，趁著爺爺不在家，蓓蒂拉著哥哥來到工作室。哲弗爾說：「爺爺不喜歡我們打擾，你為什麼要進去？」

妹妹說：「你來看一件東西就會明白，是我送飯給爺爺時偶然發現的。」

妹妹說罷，從爺爺的座椅下搬出一個

木箱。哲弗爾打開一看，不禁驚叫了起來：「這不是國王的寶物，原先那瓷瓶的碎片嗎？」

哲弗爾想起了爺爺說的：「我只不過是全心全意投入工作而已，其他並沒有祕訣。」哲弗爾完全明白了，自言自語：「爺爺真了不起，花了一整年的苦心，終於製造了跟原來一模一樣的瓷瓶，本來他可以因此獲得重賞，可是為了拯救工匠們的性命，寧可把事實深埋心中。」

爺爺從街上回來了，哲弗爾奔過去緊緊的握住爺爺的手，那是又粗又壯的一雙手，爺爺也牽著哲弗爾的手說：「當你喜歡自己的工作而全心全意投入的時候，也就會有一雙靈巧的手，和一顆快樂的心。」

難忘心情

這是新疆維吾爾族的民間故事，含義深刻，第一次讀到之後，便不時細細回味。老工匠的行為，展現的是一種慈悲的高潔情懷。

說故事的人

傅林統，桃園人，擔任國小教職工作四十六年。一向喜歡給兒童說故事、寫故事、帶領閱讀，學生和家長暱稱他「愛說故事的校長」。退休後，為桃園市地方培訓「說故事媽媽」和「兒童閱讀帶領人」，並示範說故事技巧，升級為「愛說故事的爺爺」。

著有《傅林統童話》、《偵探班出擊》、《神風機場》、《田家兒女》、《真的！假的？魔法國》、《兒童文學的思想與技巧》、《兒童文學風向儀》等作品。

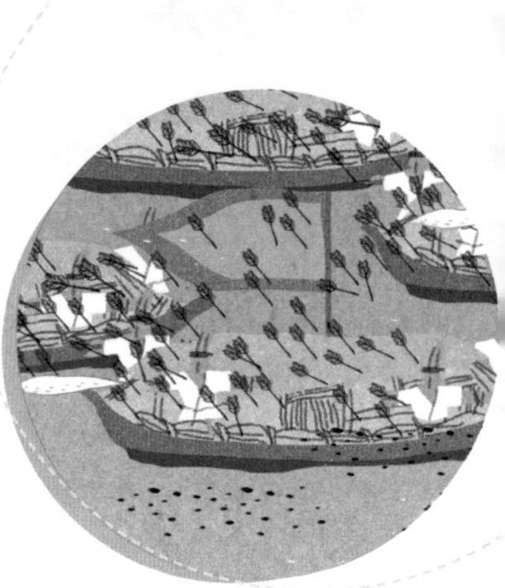

草船借箭

故事採集・改寫／陳郁如

故事來源／《三國演義》

周瑜和諸葛亮有心結，老是想和諸葛亮一爭高下，甚至給他難堪。有一天，周瑜傳令給諸葛亮，表示軍情緊急，要諸葛亮在十天內製造十萬支箭。諸葛亮知道周瑜故意刁難他，他沉吟了一下，說：「好，沒問題，既然緊急，那也不用十天，我三天就給你。」

周瑜實在想不透，十天都不可能做好十萬支箭，三天怎麼能成？軍令如山，他等著諸葛亮不能完成使命，必須領命受死。

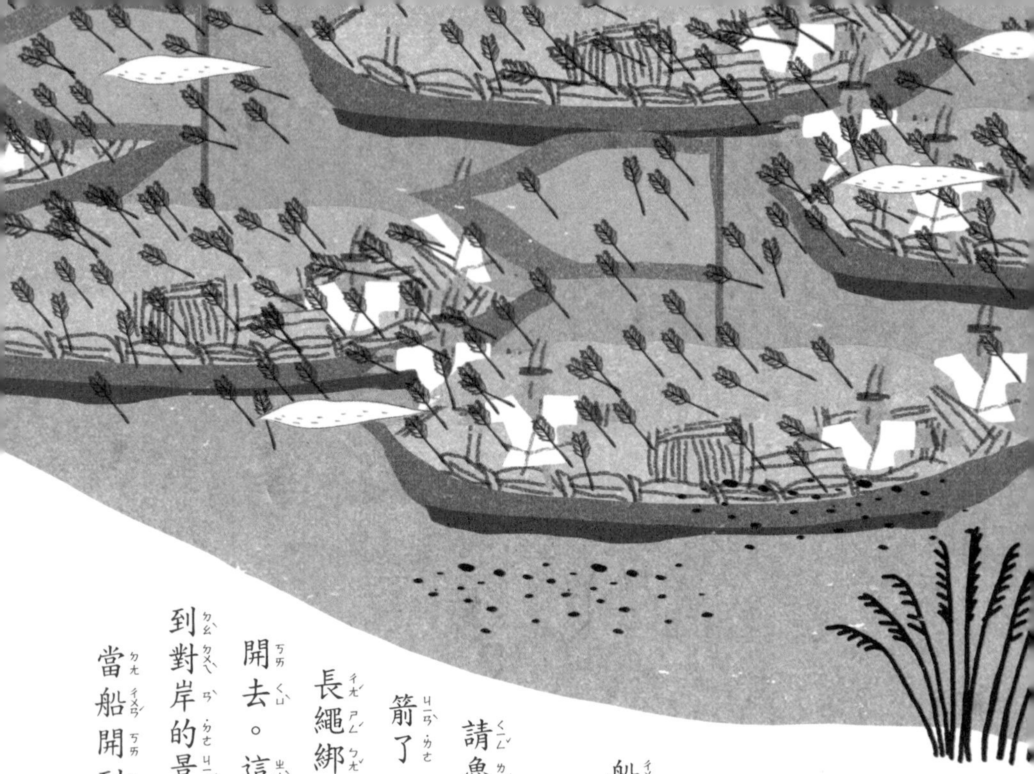

諸葛亮並沒有讓人造箭，他傳了六百名士兵，借了二十艘船，命士兵用稻草捆了一尊尊的稻草人放在船上。

第三天一早，天色還昏暗，諸葛亮請魯肅過來，說：「我們可以一起去取箭了。」他們來到江邊，只見二十艘船用長繩綁著，一字排開，諸葛亮下令把船往北開去。這時長江晨霧濃重，視線不佳，看不到對岸的景物，魯肅不懂諸葛亮在搞什麼鬼。

當船開到曹操的水寨附近，諸葛亮下令停

船，傳令要士兵們敲鑼打鼓，大聲吶喊，彷彿準備要進攻曹營。魯肅大驚，問：「我們只有幾百名士兵，萬一曹操出兵怎麼辦？」諸葛亮笑著說：「放心，曹操是個疑心病重的人，霧這麼大，他一定不敢輕易出兵。我們就喝酒聊天，天亮就回去。」

諸葛亮對曹操的性格非常了解，果然，曹操下令：「江面霧重，對方恐怕有埋伏，傳令弓弩手，讓他們對江中射箭，讓敵軍不能靠近，霧散了再進攻。」

只見一萬名弓弩手對著濃霧中靠近的船隻放箭，箭矢像下雨般一一射進稻草人身上。諸葛亮又下令把船掉頭，要士兵們更大聲的吶喊，促使曹營的弓弩手努力放箭，讓

另一邊的稻草也受箭。

天漸漸亮了，霧氣還沒全散，諸葛亮含笑看著草靶上都插滿了箭，命士兵們開船，並對著曹營大喊：「謝謝曹丞相的箭。」這時曹操才知道上當，後悔也來不及了。二十艘船順著風，已經快速的回到南岸。

這時，周瑜依約帶了士兵來取箭，每艘船上有五六千支箭，二十艘船上共有十萬多支箭，諸葛亮果然如他所承諾，三天之內拿到十萬支箭。周瑜知道整件事情後，對於諸葛亮熟知天象、洞悉人心的能力，萬分佩服。

難忘心情

這是三國的故事中，讓我最印象深刻的。這個故事讓我看到兩件事。

第一，我們都難免遭人嫉妒、討厭、想盡辦法出難題，甚至要害我們。我們往往因此生氣、怨恨、報復。但是這個故事讓我們看到諸葛亮如何面對這樣的人。他運用智慧，讓嫉妒他的人真心佩服。

第二，當一個看似不可能完成的任務出現時，該怎麼面對？諸葛亮沒有放棄或退縮，他把他知道的常識拿出來運用。他熟諳長江的天氣變化，他也洞悉人性，知道曹操多疑；所以他利用這兩點，化危機為轉機，順利完成任務。

說故事的人

陳郁如，出生於臺北，中原大學化學系畢業後，到美國念藝術碩士，曾在臺灣、美國，舉辦過多次繪畫展覽。從小喜歡閱讀，一直想要用東方文化做為寫作元素，寫出給華人孩子們看的奇幻小說。她希望孩子們能在心中構築一個有趣的世界，同時又能學習到知識與文化，並能對大自然有溫暖的同理心。作品有《修煉》系列、《仙靈傳奇》系列。

司馬光打破水缸

故事採集．改寫／王文華
故事來源／中國民間故事

宋朝時候，有個名叫司馬光的人。司馬光不是姓司，他的姓是複姓——司馬，三國演義裡魏國有個聰明的司馬懿，能和孔明比拚智力；司馬光就是和他同姓。

司馬光小時候很愛玩。有一天，他和幾個小朋友在花園裡玩「躲貓貓」的遊戲，一個小朋友用手帕蒙住眼睛當鬼，其他的小朋友趁機跑去躲起來。這些孩子，有的躲在花叢裡，有的爬到大樹上，還有的藏在假山上。

「好了沒有？」

「你們好了沒有？」

扮鬼的小朋友喊了幾遍，四周靜悄悄。

「我要來捉你們囉！」扮鬼的小朋友解下手帕，開始「捉貓貓」。

看到鬼來了，躲起來的小朋友希望自己隱藏得更好一點，他們輕輕移動雙腳，身體慢慢向後退，就在這時，大家突然聽到「撲通」一聲，唉呀，不好了，有人落水了！

這裡是花園，哪裡來的水呢？

原來在那座假山下面，有一口很大很大的水缸，小朋友們踮起腳，才能看見裡面裝滿了水。就是這麼巧，那個躲到假山上的小朋

友，他想移動時，一不小心，從假山上跌下來，正好掉進大水缸裡了。

情況危急，這下怎麼辦哪？

「他不會游泳。」

「再不把他救上來，他會淹死啊！」

大家七嘴八舌想幫忙，可是誰也沒辦法。這時候去找大人來幫忙，時間一定來不及；他們的年紀小、個子小，就算爬上水缸，也沒力氣把人拉出來。

怎麼辦呢？

幾個小女孩嚇哭了。

幾個小男孩嚇跑了。

司馬光在人群裡不哭也不跑，他靜靜站在水缸前想一想。「有啦！」他從花園裡找來一塊大石頭，抱起來使勁向水缸用力一砸。只聽得喀嚓一聲響，那口大水缸被他砸出一個大洞，嘩嘩嘩，嘩嘩嘩，水從洞裡流出來，一會兒就流光了，聽到吵鬧聲趕來的大人，平安救出落水的孩子。大人們問明白事情的經過，都誇司馬光又聰明又勇敢。

小小司馬光很愛讀書，他除了砸破水缸救出朋友，也很勤奮好學，尤其喜歡讀歷史書籍。多讀書，讓他博學多聞，二十歲就考中進士。他在宋朝當官期間，努力收集歷史資料，經過數十年的努力，最後完成了《資治通鑑》這部書，成為宋代有名的史學家呢。

難忘心情

小時候，家中沒有故事書，但是才剛上小學的我很愛看書。有一回我生病了，媽媽要上街買菜，問我想吃什麼？我便央求媽媽買本書給我。依當時的家境，媽媽怎麼可能有閒錢買書回來！結果，媽媽竟然真的買了一本兒童書給我，書名叫做《一百個好孩子》，其中就有這篇司馬光的故事。

那時我很想學司馬光，砸破水缸救人，可惜，當年的水缸都很小，也沒人掉進那麼小的水缸，這心願一直無法實現。

司馬光在歷史上赫赫有名，但我是從這個故事認識他的。人家說「三歲看小，七歲看老」，我覺得用在司馬光身上還挺恰當的。

說故事的人

王文華，國小教師，兒童文學作家，臺東大學兒童文學研究所畢業。他愛山更勝於愛海，目前定居於埔里，一個靠近日月潭邊的小鎮。

平時的王文華很忙，忙著讓腦袋瓜裡的故事飛出來，也要忙著管他那班淘氣的學生，他喜歡跑到麥當勞「邊吃邊找靈感」，那時，他特別有感覺，可以寫出很多特別的故事。

曾獲國語日報牧笛獎、金鼎獎等獎項。出版《美夢銀行》、《我的老師虎姑婆》、《可能小學的歷史任務》等書。

潭底的一把寶劍

故事採集．改寫／曹俊彥

故事來源／臺灣民間故事

傳說，曾經有一個漁夫駕著舢板，張著一張小帆，在圓山附近的潭裡撈蜆仔。當他把連著長竹竿的篩子提上來時，上面竟然勾住一把劍。刀鋒閃著銀光，看起來很銳利的樣子，劍把上雕刻精緻高雅，還嵌著美麗的寶石。漁夫把它放在船板上，想帶回去請懂劍的人看看。

這時，原本平靜的潭水突然起了波浪，本來萬里無雲的晴空，剎那間罩滿烏雲，狂風大作，接著，像瀑布般的雨水傾瀉下來，波浪愈來愈高。

漁夫第一次碰到這種景象，真是嚇壞了！心想：「難道是因為這把劍的關係嗎？難道這就是傳說中，國姓爺的那把劍嗎？」突然，船身劇烈震動了一下，那把劍竟然自己彈起，插入滾滾的浪中，潭水像是突然煮沸一般，冒出濃濃白霧，宛如炙熱的鐵棒入水淬煉的情景！慢慢的，船邊的波浪平靜下來。同時，烏雲散去，晴天再現。

驚魂甫定的漁夫，回到村裡，跟村人說起這段經歷，村裡的長輩又說起那一段故事：

「傳說，有一條千年水怪，盤據在潭裡，雖然潭裡魚、蝦、螺、貝豐富，牠卻喜歡吃陸上的雞、豬、牛、羊！為了方便上岸捕捉，牠就興風作浪，讓潭水淹到牠想去的地方，使得村民非常頭痛。有一次，國姓爺率軍經過這兒，渡河的時候，水怪毫不客氣的掀起大風浪，弄翻了運兵的小船，淹死了幾個士兵，吃掉了幾匹軍馬。將軍生氣的拔起寶劍，對著天空念念有詞，然後將寶劍拋向那千年水怪。只見寶劍一邊閃著電光，一邊不斷的變長變大，接著便壓住水怪的頭，一直往下壓，壓入了水底。從此，寶劍和水怪就再也沒有浮上來過。聽說，那位將軍吃素不殺生，所以國姓爺賜給他的寶劍也不殺生。為了保護鄉民，這把劍就一直壓著水怪，不敢放鬆。」

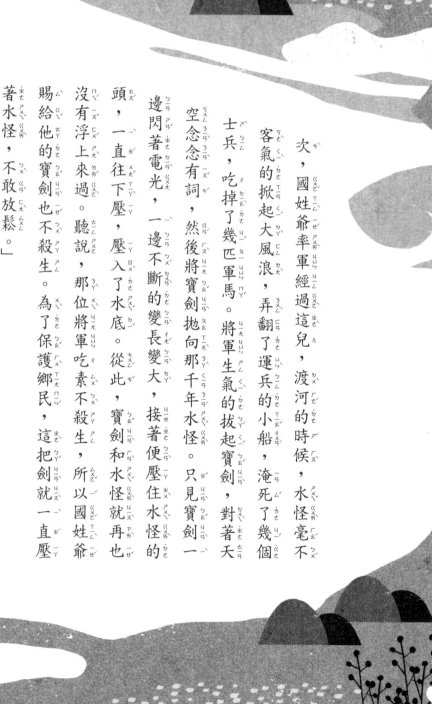

好幾十年又過去了，有人在無風的月夜，看到寶劍還發出銀光，臥在潭底，那裡從此被稱做「劍潭」。

難忘心情

國姓爺指的就是鄭成功，這個故事一定是杜撰的，但是，小時候聽了這個故事後，每回經過圓山，總是很期待的看著基隆河（劍潭就是基隆河流至臺北士林與大直的轉彎處，面積頗大，被稱為潭）。

可惜，現在的基隆河不像小時候可以「摸蜆仔」，也就看不到撈蜆仔的船了，當然更不會發生有人不小心把寶劍撈上來的事了。

說故事的人

曹俊彥，臺北師範藝術科／臺中師專畢業。曾任小學教師、臺灣省教育廳兒童讀物輯小組美術編輯、出版社總編輯。出版作品一百多本，曾榮獲臺灣省教育廳金書獎、金鼎獎、中國畫學會金爵獎、中華兒童文學獎（美術類）等。

一生與彩筆為伍，為小朋友畫畫，以小朋友的快樂為快樂。最喜歡用黑和白作畫，但是不敢黑白畫！

鑽石的滋味

故事採集·改寫／許書寧

故事來源／口傳故事

天剛亮的時候，母雞帶著小雞來到厝邊散步。

昨夜剛下過雨，空地上每一株小草的尖端都掛著晶瑩剔透的露水。小雞們興奮極了，拍著翅膀爭先恐後的啄飲甘甜的水滴。

「咕咕咕……好看又好吃！咕咕咕……好看又好吃！」

忽然間，小雞發現了一顆很不尋常的「露水」。

那顆「露水」又小又圓，在陽光下閃閃發亮。它不像其他露水般掛在葉子尖端，卻獨自躺在砂石地上，發出難以言喻的燦爛光芒。

群雞團團圍繞，心中充滿了敬畏之情。因為，他們從未見過如此光彩奪目又美麗的東西。大家都暗自想著，那顆「露水」看起來既然那麼特別，嘗起來該是什麼樣的好滋味？

就在這時候，剛報完曉的公雞，見到群雞聚集，也擠上前去伸頸一瞧，驚訝的說：「唉呀！那不是『鑽石』嗎？一定是誰經過時不小心掉的。」

「咕咕咕……，鑽石？什麼是鑽石？」小雞們瞪大了眼睛。

見到自己成為眾所矚目的焦點，公雞不免得意。他驕傲的仰起頭，先清了清喉嚨，裝模作樣了老半天，才神祕兮兮的說：「傻小子，連這個也不知道。鑽石，是全世界最貴重、也是人類最喜歡的東西。」

群雞譁然，一臉崇拜的望著博學的公雞。

「咕咕咕……，原來如此！咕咕咕……，真聰明！」

公雞更得意了。他稍稍低頭假裝謙虛，卻忍不住豎起了火紅的肉冠，翹起了鮮豔的尾羽。

母雞站在一旁，偏頭想了想，開口問：「鑽石既然那麼貴重，一定很好吃。它嘗起來是什麼味道呢？」

公雞一時語塞，因為他其實不比大家知道多少。他有點惱怒的瞪著母雞，脹紅著臉說：「鑽石是全世界最好吃的東西！你們都不配吃，我最聰明，該由我來享用。」

說完，馬上撲上前去，將鑽石一口吞下。沒料到，冰冷的鑽石不但不好吃，還硬梆梆的卡在喉嚨不上不下。公雞幾乎喘不過氣來，痛

苦掙扎、拼命拍翅甩頭，好不容易才把鑽石給咳了出來。吐出鑽石後的公雞灰頭土臉，看起來判若兩「雞」。他一句話也不說，就低著頭快步離開了。

雞群頓時失去興致，一哄而散：「咕咕咕……，好看不好吃！咕咕……，好看不好吃！原來人類一點兒也不聰明，他們喜歡的東西好看不好吃。」

厝邊的空地再度恢復寧靜，只留下那顆光芒四射的「好看不好吃」。

難忘心情

兒時住在鄉間，厝邊的空地上，經常可見昂首闊步的公雞，或帶著幼雛覓食的母雞。外婆陪我們畫畫寫生，也經常就地取材的素描雞群。外婆筆下的大雞、小雞神靈活現，躍然紙上；不僅如此，還總是搭配故事，發展劇情。

〈鑽石的滋味〉就是在祖孫繪畫時「迸」出來的故事，內容純樸，卻充滿快活幽默的節奏感。直到現在，我們姊妹還經常將「好看不好吃」這句話掛在嘴上，每提必笑，笑中帶著對外婆濃濃的想念。

說故事的人

許書寧，愛畫畫，愛作夢的北港孩子，臺灣女兒，日本媳婦。先後畢業於輔仁大學大傳系廣告組及大阪總合設計專門學校繪本科。作品曾獲臺、日多項獎項。

目前定居日本大阪，從事文圖創作與翻譯工作。創作內容包括繪本、散文、插畫、翻譯、設計、有聲書等。

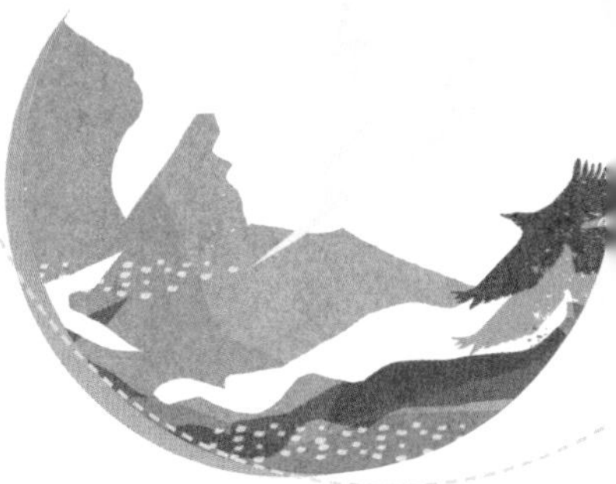

半屏山

故事採集·改寫／林世仁

故事來源／臺灣民間故事

高雄左營的蓮池潭邊，有一座半屏山。

半屏山原本很高大，大家都喊他山大爺。夕陽一照，那景象真是美得不得了！

不過，山大爺可不開心。他每天看到蓮池潭就一肚子氣。「喂，你這一潭水也太小了吧！這麼小，怎麼配跟我在一起？」

「對嘛！對嘛！」潭邊的楊柳樹也罵潭水：「你看看你！山大爺的

身影倒映進來，從北岸到南岸，還只能倒映出一半。」

小麻雀也飛過來說：「山大爺這麼高大，應該待在東海岸，配太平洋才對！」

「太平洋？」山大爺哼了一聲：「整個太平洋大概也映不出我的完整身影吧？」

「對！對！對！山大爺萬歲！」山上的小草全拜伏下來磕頭。

山大爺的目光越過蓮池潭，看到潭水南邊的龜山，又不高興的說：「喂，小烏龜，你矮不溜丟的，怎麼也敢站在我旁邊？是想跟我比高嗎？」

龜山趴著不敢動。「小山不敢！我是在這兒仰望山大爺，努力長高，希望能有您的腳趾尖高哇！」

「哼，算你識相。」山大爺得意的一挺腰，撞到一朵飄過來的小白雲。

「喂，不長眼的小綿花！膽敢撞我山大爺？」

小白雲最討厭人家說他是小綿花。「我又不是故意的！」

「哼，我看你就是故意的，想來碰一碰全世界最高的山，沾一沾我的光吧？」

「全世界最高的山？」小白雲哈哈大笑，「算了吧！光是臺灣，就有好多山比你高。」

「什麼？我不是最高的山？」山大爺好驚訝。

「當然，臺灣最高的山是玉山。」小白雲做個鬼臉跑走了。

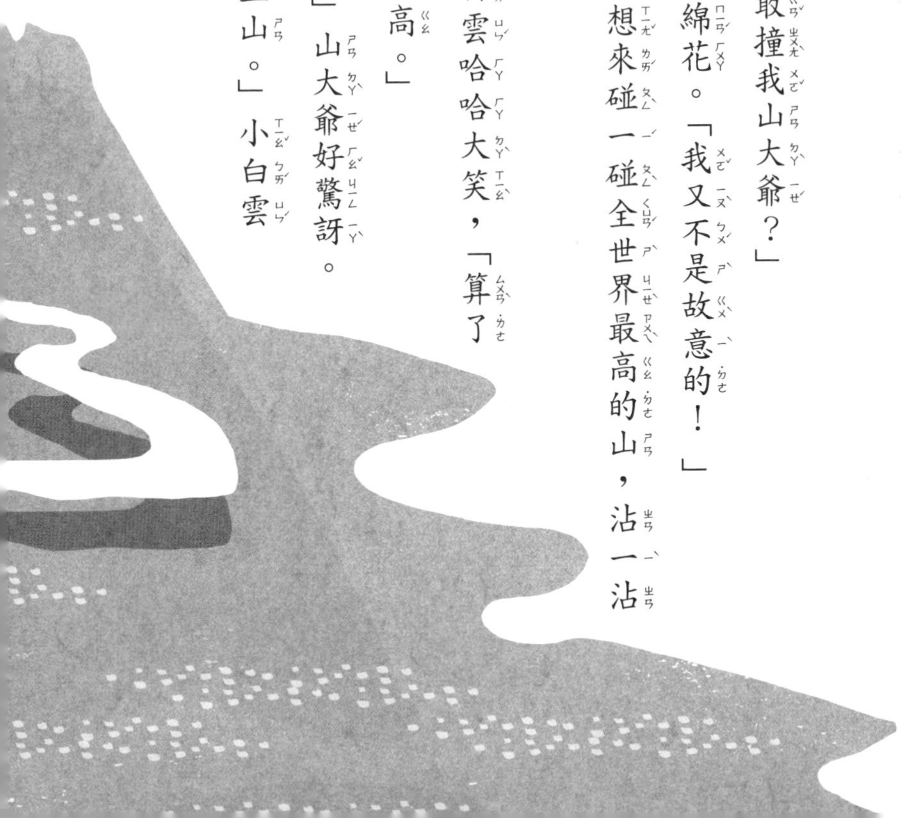

「怎麼可能？」山大爺不服氣，叫來小麻雀。「你去給我傳訊，我要和玉山比高！」

「是！」小麻雀飛走了。

三天後，一隻老鷹飛過來。「玉山同意和你比高。」

「小麻雀呢？」山大爺問。

「他飛到玉山的半山腰就累得飛不動了。」老鷹說。

「喔？」山大爺不相信，「很好，看來玉山不是無名小輩，倒有資格跟我比一比。」

「玉山派我來傳話。請您挺直腰，升出雲頭，好讓天神來量一

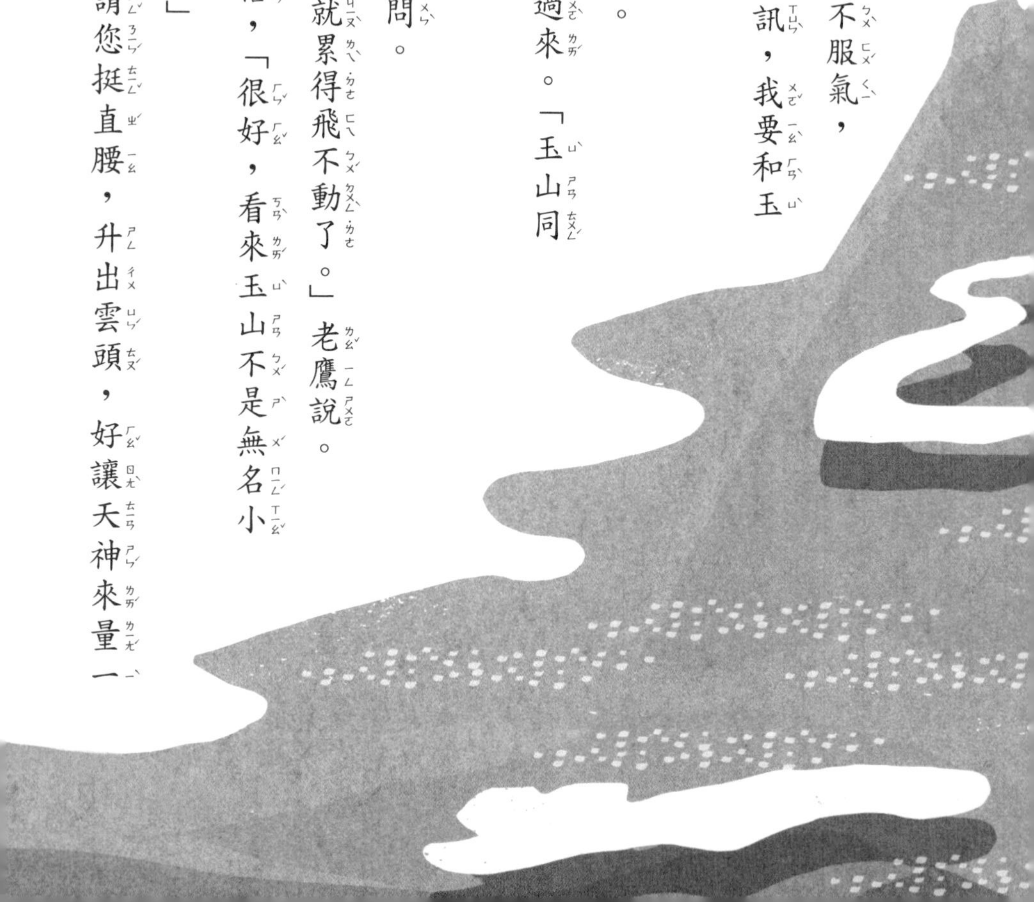

量，看誰高。」

「哈哈哈，還用量？當然是我高！我頭頂如果再墊上三塊豆腐干，連天空都會被我頂破！」

路過的天神正好聽到。「咦？這座小山怎麼這麼愛說大話？雷公，給他一點教訓。」

「遵命！」雷公舉起雷槌，輕輕敲了一下。

「轟隆隆！」山大爺一下子就被斜斜的劈掉了一大半。

剩下的半座山，遠遠看好像是半座屏風。

就這樣，山大爺變成了半屏山。

難忘心情

小學四年級以前，我家就住在蓮池潭附近，半屏山是我童年的美麗記憶。長大後有一次回去，發現半屏山又變矮了——這一次不是被雷公劈了，而是被水泥廠挖矮了！當時好心痛，好像我的童年記憶被人削去了一半。還好，現在半屏山已經被保護為自然公園，「翠屏夕照」、「屏山塔影」仍然很美麗。

說故事的人

林世仁，高高瘦瘦，喜歡聽黑膠唱片，覺得生命就像一場神奇的大魔術。作品有童話《字的童話》系列、《流星沒有耳朵》、《小麻煩》；童詩《古靈精怪動物園》、《誰在床下養了一朵雲？》、圖象詩《文字森林海》；《我的故宮欣賞書》等四十餘冊。曾獲金鼎獎，中國時報、聯合報、好書大家讀年度最佳童書等。第四屆華文朗讀節焦點作家。

黑狗耕田

故事採集・改寫／陳景聰
故事來源／臺灣原住民口傳故事

從前有一對兄弟，哥哥老愛欺負弟弟，辛苦的農活都叫弟弟去做，弟弟從不抱怨。

父母過世之後，兄弟開始分家。哥哥把比較好的田地、房子和農具都分給自己，弟弟只能默默接受。分到最後，剩下一頭水牛。

「水牛只能分給一個人。我們來比力氣，我拉牛鼻，你拉牛尾，看誰能拉走水牛，水牛就歸他。」哥哥堅持，弟弟只好依他。

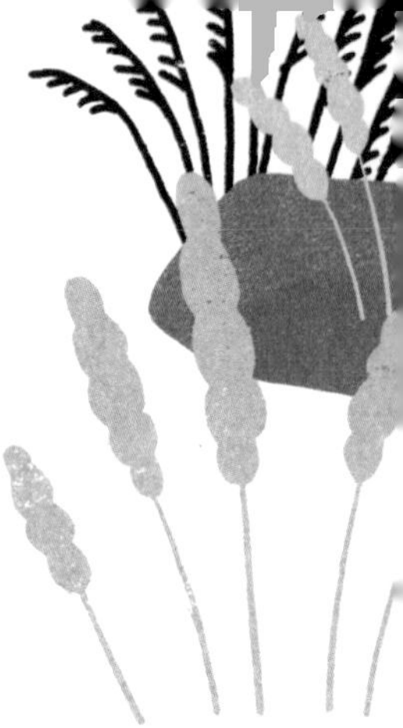

哥哥拉牛鼻繩，弟弟拉牛尾巴，兩人開始拔河。雖然弟弟使盡吃奶的力氣，最後牛還是被哥哥拉走了。弟弟感覺手中有東西，打開手心一瞧，原來是一隻牛蝨子。

「雖然只是一隻微小的牛蝨子，也是爸媽留給我的遺產，我要好好愛護牠！」

於是弟弟用一根細線綁住牛蝨子的腳，不管去哪裡都帶著牠。

這一天，弟弟去幫忙鄰居整修屋頂。他把牛蝨子綁在窗戶，卻被鄰居的公雞吃掉了。

「那是爸媽留給我的遺產啊！嗚——」弟弟哭得好傷心。

「別哭了！我把公雞賠給你就是了。」鄰居說。

從此弟弟就把公雞當做爸媽的遺產來愛護，用繩子綁著公雞的腳，去到哪兒都帶著牠。

有一天，弟弟去幫村長割稻。他把公雞留在田埂吃蟲子，村長家的大黑狗竟然衝過來把公雞咬死了。

「這是爸媽留給我的遺產啊！嗚——」弟弟哭得好傷心。

「別哭了！我把狗賠給你就是了。」村長說。

從此弟弟就把大黑狗當做爸媽的遺產來疼愛，寧可自己挨餓，也要餵飽牠。

春暖花開，該是耕田播種的時候了。弟弟想耕田，去向哥哥借水牛，哥哥不肯借他，他只好製作一個適合套在大黑狗身上的小犁，打算用黑狗耕田。

弟弟先讓大黑狗挨餓一天。隔天他背起一籃肉燥飯糰，然後帶著黑狗和犁來到田裡。

這時，大地主剛好經過，看見弟弟要用黑狗耕田，便停下腳步，嘲笑他：「傻小子，別異想天開，狗犁不動田地啦！」

「偏偏我的狗就能犁田！」弟弟不服氣的回答。

「好！我跟你打賭！」大地主自信滿滿說：「你的狗如果能犁完那塊田地，我就送你一頭水牛和一甲

水田。如果你輸了，就來給我當一年長工。」

「一言為定！」

弟弟把犁繩套在大黑狗身上，然後將一個飯糰丟得遠遠的。黑狗餓極了，一聞到香噴噴的肉燥，立刻拉著犁衝去追飯糰。就這樣來回十幾趟，果真把田地犁好了。

「呵呵！真是聰明又勤快的好青年！」

地主非常欣賞弟弟，不僅送他田地和水牛，後來還將寶貝女兒嫁給他。

從此弟弟愈來愈富有，過著令人羨慕的好日子。

難忘心情

兒時，每晚睡覺前，我們兄弟姊妹總是在榻榻米大床上翻跟斗，等著聽長輩說故事。〈黑狗耕田〉是奶奶最常說的故事。奶奶沒讀過什麼書，卻懂得用這個故事告訴我們要相親相愛，別互相計較。

奶奶過世多年了。如今，我們兄弟姊妹依然親愛和睦。

說故事的人

陳景聰，臺東大學兒童文學研究所畢業，國小教師退休。從小就喜歡聽老師講故事，後來當了老師，開始蒐集故事、說故事、寫故事，發願當一個笑臉看兒童的人。

作品曾獲臺灣省兒童文學獎、文建會兒童文學創作獎、文建會臺灣兒歌一百優選、冰心兒童文學新作獎、九歌年度童話獎等獎項。著有《張開想像的翅膀》、《小天使學壞記》、《神奇的噴火龍》等三十餘冊。

海龜與猴子

故事採集・改寫／王家珍

故事來源／日本民間故事

很久很久以前，海龍王的王后生病了，御醫告訴海龍王，王后的病一定要吃猴子膽才會好。龍宮在海底，哪來什麼猴子？更別提猴膽了，王后恐怕沒救了！海龍王著急又擔憂，也病倒了。

忠心耿耿的海龜想起曾經在某個海島上看過猴子，自告奮勇去帶一隻回來，挖出猴膽，給王后治病。

海龜在海上游了一天一夜，來到日本島，岸邊樹林裡，正好有一

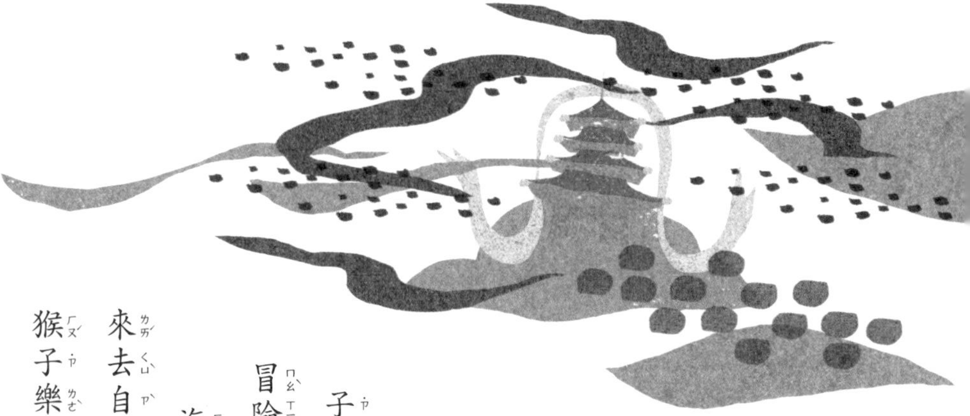

群猴子在玩耍。海龜來到樹下，大聲問那些猴子，想不想到深海底下的龍宮去玩耍？龍宮種了幾千棵香蕉、桃子、柿子和蘋果樹，是猴子樂園呵！

「深海底下的龍宮？」聽起來很危險，猴子們不想冒險，紛紛攀著樹藤離開，只剩下一隻膽子很大的猴子，他問海龜：「我們島上也有吃不完的果子，為什麼要冒險跟你去深海底下的龍宮？我掉進海底肯定淹死。」

海龜說：「有海龍王的命令，你就能跟我一樣在海水裡來去自如。海龍王聽說猴子是陸地上最特別的生物，特別打造猴子樂園，邀請你去當猴子大王。」

一聽到「猴子大王」四個字，猴子就昏頭了，他滿懷美好幻想，跳上海龜背上，前往龍宮。

金碧輝煌的龍宮讓猴子眼花撩亂，來這裡當猴子大王一定很神氣！

海龜請猴子在宮門口稍等，他先進去向海龍王稟報。海蜇正好在宮門口值班，知道他就是猴子，偷偷摸摸對猴子說：「原來猴子長這樣啊，好可惜呵！」

猴子說：「我是猴子有什麼可惜？你是誰？竟然敢瞧不起我這個猴子大王！」

「什麼？你是猴子大王？可惜你待會兒就要被挖出猴膽，給王后治病了。」

猴子一聽，嚇一大跳，把事情原委問個仔細，才知道自己被海龜騙了，他氣急敗壞的想要游回海面，但是他做不到。

這時候，海龜走出來，猴子靈機一動，對海龜坦承，說剛剛海蜇把事情原委都說了，不過，因為猴膽很珍貴，他從來不隨身攜帶，藏在樹洞裡，想要治好王后的病，就要載他回家去拿猴膽才行。

海龜沒轍，只好載著猴子，很快游回日本島岸邊。猴子迅速跳上岸，爬到樹枝頂端，居高臨下，嘲笑海龜說：「可憐的海龜，腦子

不知道藏在海底哪個地方，忘了帶出來。告訴你，猴膽好端端的在我的猴肚子裡，可惜你永遠也拿不到！」

海龜垂頭喪氣回到龍宮，向龍王報告事情經過，龍王大怒，把他臭罵一頓，並且下令把守門的海蜇剝皮抽骨、趕出龍宮。從此以後，海蜇就像現在這樣軟綿綿的，一根骨頭都沒有。

原本病得奄奄一息的王后，聽說海龜居然相信猴膽可以拿出來藏在樹洞裡的鬼話，笑得在地上打滾，因為她笑得太開心，竟然就痊癒了。

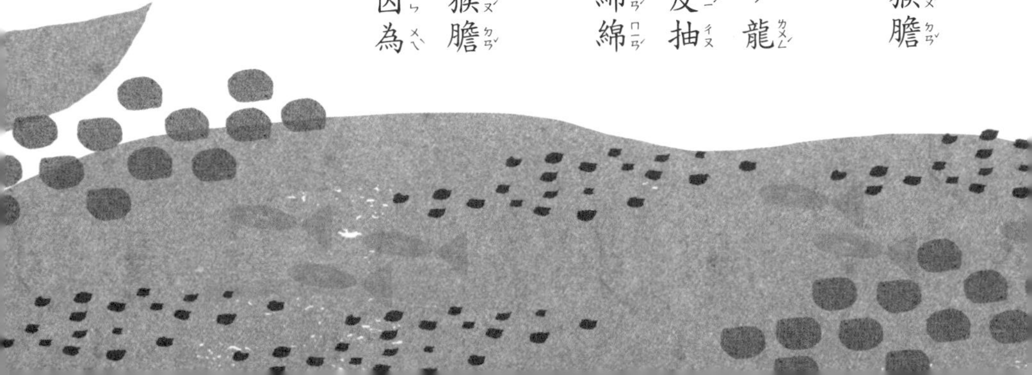

難忘心情

海龍王的王后生病了，為什麼不是吃龍蝦頭？鯨魚膽？吃鮑魚殼？為什麼一定要吃猴膽？真有意思。

海龜載著猴子往海底潛行，不到幾分鐘，猴子就應該淹死了，為什麼猴子可以跟烏龜一樣，既可以在陸地上生活，也可以在海水裡呼吸自如？童話故事的魔力，讓我嘆為觀止，讓我也想當童話人物，這應該是我常常把自己寫進童話裡的緣故。

猴子的腦袋小小的，居然掰出「把猴膽藏在樹洞沒帶出來」這樣的彌天大謊，牠的機智與反應力太強了，這種世界級謊言能騙倒海龜，也就不足為奇了。

說故事的人

王家珍，澎湖人，正職是道貌岸然的兇巴巴老師，閒暇時充當「業餘童話創作者」。開心快樂時，常把創作童話拋在腦後；鬱卒難受時，才想到用童話創作來療傷止痛。過年過節時，也喜歡寫篇童話慶祝一番。

業餘創作童話已滿三十年，出版過十八本書，童話創作風格為搞笑、娛樂、諷刺……，也喜歡做些小手工自娛。

花木蘭代父從軍

故事採集．改寫／岑澎維

故事來源／中國樂府詩《木蘭辭》

木蘭坐在織布機前，好幾個時辰過去，織布機只是有一下、沒一下的轉動，更常聽到的是嘆息聲。

昨天夜裡再次送來軍書，軍方大舉調集男丁，要去攻打黑山上的亂賊。

亂賊首腦豹子皮帶領十萬人馬據地為王，威脅都城，徵兵軍書愈送愈急，十二卷軍書上，每一卷都有阿爹的名字。

「阿爹老了，又百病纏身，怎麼能去打仗？弟弟年紀還小，家裡，只有我夠格去，偏偏我又是個女兒家。」

想到這裡，木蘭更加不服氣，她的箭法準確、身手俐落，一點也不輸男子漢。

「為什麼我不能去！」

放下織布工作，木蘭到市集上去。她買了一匹新的馬，為馬買了轡頭，還買了一副馬背上的鞍韉；弓槍、衣鞋、長鞭，樣樣她都想到了。

回到家，換上新買的衣裝，獨自在後院裡演刀練槍。

「木蘭，你怎麼這副裝扮？」母親皺著眉頭看。

「娘，爹爹該去從軍了，為什麼遲遲不去？」

娘的心揪在一起，「他老了，怎麼能去？」

「不去，行嗎？」

娘流下淚來，當然不行。

「娘，您看，我這個樣子，能去不能去？」

爹、娘、弟弟、妹妹全看著木蘭，他們懂了，木蘭要代替父親去打仗。

說著，門外有人大喊父親的名字：「花弧！」

「來了！」木蘭大喊，再回頭看一眼爹娘，便踏上長征的路途。

一隊人馬浩浩蕩蕩前進，黃昏時，來到黃河邊上，回頭望去，早已不見爹娘身影，只見黃河河水不回頭，嘩啦啦流向天邊。

軍隊馬不停蹄，抵達黑山腳下與元帥會合；元帥統領十萬大軍，

攻向黑山賊營。

冰天雪地裡，北方的寒氣，隨著夜裡打更的聲音傳送過來；寒星點點，照在將士身穿的鐵甲戰袍上，木蘭冷靜沉著，隨著軍隊征戰沙場。

好幾個寒冬過去，他們終於大破賊窟，將黑山上的造反勢力剷平。

然而主腦豹子皮躲藏起來，不見蹤跡，元帥決定用炮攻，身手矯

健的木蘭，守在豹子皮最有可能逃離的路線上。

炮火攻得豹子皮無處可逃，經過一番纏鬥，木蘭將他活擒。

木蘭戰績輝煌，天子賜她尚書郎的官職，得到很多賞賜。然而木蘭只想要回到家鄉去，與爹娘團聚。

在回鄉的路上，木蘭告訴同行弟兄：

「回到故鄉，我請各位看一件稀罕的事。」

「什麼事？」

「我家隔壁的廟裡，泥塑金剛，忽然生作嫦娥的臉龐，你們說稀不稀奇？」

「那我們真的要看一看。」

回到家，整日擔憂的爹娘，看起來更老了，

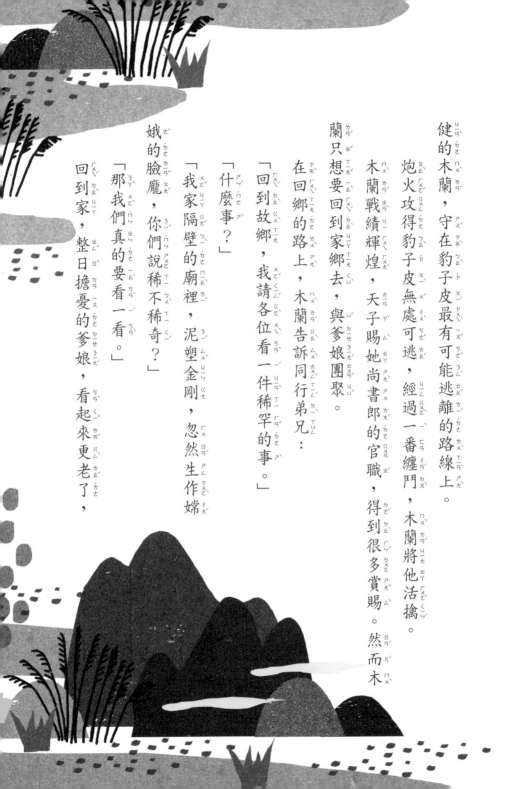

弟弟已是相貌堂堂的少年，妹妹出落得更加漂亮。

木蘭換上舊時的衣裳，幾個同行的夥伴，無法相信，十二年來一起東征西討的花弧，竟然是嬌娘。

「原來，金剛變嫦娥，一點也不假呀！」

難忘心情

「一定要平安回來！」是我讀這個故事時，唯一的願望。雖然明知結局一定是這樣，但是讀得很投入，所以難免有悲傷。

中學時候，讀《木蘭辭》，竟是節奏明快，猶如凱歌一般；再看迪士尼的「花木蘭」也是喜劇一齣，處處令人會心一笑。都是同一個故事，感覺完全不一樣。

年少讀《木蘭辭》的自己，忍不住嘲笑年幼讀「代父從軍」的自己，真是多愁善感。

說故事的人

岑澎維，臺東大學兒童文學研究所畢業，現為國小教師。出版有《找不到國小》系列、《原典小學堂》系列、《成語小劇場》系列、《溼巴答王國》系列、《小書蟲生活週記》、《八卦森林》等三十餘本。

喜歡看故事、想故事、寫故事，雖然是個路痴，但還是很喜歡旅遊。

一千零一夜

故事採集．改寫／許榮哲

故事來源／阿拉伯民間故事集《一千零一夜》

古阿拉伯的海島上，有個國家叫薩桑，它的國王是個暴君，名叫山努亞。

自從山努亞國王發現王后對他不忠，跟其他男人來往之後，整個人性格大變。他不只殺死王后，還把罪過推到所有女人身上，他認為全天下的女人都不可靠，都該死。

為了報復，山努亞國王每天娶一名女子為妻，隔天就把妻子殺了，再娶一個。如此可怕的行徑足足持續了三年，山努亞國王已經殺掉一千多名女子了。

宰相為國王的荒謬行徑感到無比困擾，因為再這樣下去，整個國家都會被他毀掉。

宰相的女兒莎赫札德知道這件事之後，主動跳出來對父親說：

「爸，我要拯救全國無辜的女孩。」

「怎麼救？你一個弱女子，什麼都不會。」

「不，我會說故事。」

「說故事可以救人？」

「沒錯，不過，在那之前，我必須先嫁給國王，才能說故事給他聽。」

莎赫札德不顧父親的反對，下定決心嫁給國王山努亞。

結婚的第一天晚上，莎赫札德對山努亞說：「國王，我來說個故事給你聽。」

從前從前，有個年輕人叫阿里巴巴，他偷走了四十大盜的金銀財寶。大盜氣炸了，費盡千辛萬苦終於找到阿里巴巴，並在他家門口做上記號，打算晚上再回來，殺了阿里巴巴……。

「然後呢？」正當國王聽得入迷，莎赫札德突然中斷故事：「故事說完了，明天再繼續。」

為了聽故事，國王決定讓莎赫札德多活一天。

第二夜，莎赫札德又從頭說起了另一個故事。

但和第一夜的故事一樣，只有開頭、中間，沒有結尾。

就這樣，第三夜、第四夜、第五、第六、七、八……，莎赫札德一連說了一千零一夜的故事。

故事一天比一天精采，國王一天比一天好奇，於是他說：「明天再殺、後天再殺、大後天再殺……。」

莎赫札德一次又一次，用精采的故事救了自己的命。

最後，國王被妻子莎赫札德以及她的精采故事感動了，他下了一個重要的命令：「從今以後，你就是我永遠的妻子，我再也不濫殺無辜了。還有，我要把你說的故事，全部收集起來，讓它們永遠流傳下去。」

從此，世界上有了《一千零一夜》這本書，也有人叫它《天方夜譚》。天方指的是古阿拉伯，至於「夜譚」則是晚上講故事的意思。

難忘心情

我不喜歡現今流行的卡通，於是我找來小時候最喜歡，最有想像力的卡通《天方夜譚》給我的孩子們看。

意外的，《天方夜譚》變成我們父女三人的共通話題，每天我的女兒都會追著我：「爸，可以再看一集小胖（卡通主角名）嗎？求求你。」

我好開心、超開心，我的童年因為《天方夜譚》，而一直延續到現在，並且跟女兒們的童年有了美好的交集。

說故事的人

許榮哲，曾任《聯合文學》雜誌主編、四也出版公司總編輯，現任「走電人」電影公司負責人。曾入選「二十位四十歲以下最受期待的華文小說家」。曾獲時報、聯合報、新聞局優良劇本、金鼎獎最佳雜誌編輯等獎項。影視作品有公視「誰來晚餐」等。代表作《小說課》在臺灣和中國大賣十幾萬冊，掀起故事的狂潮，被盛讚為「最適合中國人的故事入門教練」。

武松打虎

故事採集．改寫／黃文輝

故事來源／中國古典小說《水滸傳》

武松要通過景陽崗去找哥哥。他看到景陽崗前有一家酒店，走進店裡喊道：「我渴死了，快拿酒來。」

老闆端來酒和牛肉，武松喝了一大碗酒，開心的說：「好酒！」接著又吃了一大盤牛肉。

武松喝下三碗酒，老闆就不再拿酒給他，武松問為什麼？老闆說：「我的酒很烈，一般人喝三碗就醉了，所以我的店名才叫『三碗不過崗』。」

武松不以為然的說：「我酒量好，快把酒端上來。」

武松一連喝下十八碗酒也沒有醉倒，他喊了聲「真過癮」，準備上路。老闆阻止他：「景陽崗上有一隻老虎，天黑後會跑出來咬人，已經咬死二、三十個人。要通過景陽崗的人，最好白天結伴一起走。天快黑了，你就在這裡過一夜，明天跟大家一起走吧！」

武松說：「這條路我以前走過一、二十趟，從沒見過老虎！你故意嚇我，想留我住下來，好多賺點錢。」

老闆說：「我好心好意，卻被你當成壞人。你不怕死就去吧！」

於是武松提著木棒，大步走上景陽崗。走了一陣子，看見一棵樹上寫著兩行字：「最近景陽崗有老虎咬人，要過崗的人請在白天結伴同行。」

武松笑著說：「一定是店老闆寫的，要嚇膽小鬼折回去。」

武松繼續往前走，看到一間破廟，門上貼著一張公告，內容跟樹上寫的一樣，這才相信真的有老虎。他喃喃自語：「我若折回去，一定會被老闆嘲笑。算了，有什麼好怕的！」

武松一面走，一面罵：「哪來的老虎，騙人！」

武松感覺有點醉意，看見一塊大石頭，便躺在石頭上休息。

忽然吹來一陣狂風，一隻大老虎跳了出來。武松嚇得大叫一聲「啊呀」，肚子裡的酒都變成冷汗冒了出來，趕忙翻身站起來。

老虎躍起，朝武松撲來。武松閃到老虎背後。老虎不轉身，直接用後腳踢武松，武松一跳，閃在一邊。

老虎生氣的大吼一聲，震得山崗搖動，接著用鐵棒一般的尾巴掃向武松，武松動作快，又閃開了。

老虎三次攻擊都失敗，氣勢減弱許多。武松把握機會，跳起來，手揮木棒

朝老虎打去；可是中途打到樹，木棒斷成兩截。

老虎咆哮著撲向武松，武松往後退，老虎落在武松腳前，武松丟掉木棒，左手抓住老虎頭頂，把牠的頭按在地面，接著用鐵鎚似的右拳，「咚咚咚咚」不停的打虎頭，把老虎給打死了。

武松累壞了，坐在石頭上休息一會兒才上路。

隔天，大家發現老虎是武松打死的，就稱武松為打虎英雄。

難忘心情

我的舅舅曾在遠洋貨輪上工作，常常待在海上好幾個月。舅舅說在海上無處可去，只好喝酒打發時間。結果他喝酒上癮，變成一個酒鬼。舅舅沒有結婚，四處為家，常來我家暫住幾天。有一次我對總是醉醺醺的他說：「你又喝酒了！」他笑著回我：「喝酒也可以打死老虎。」接著便講了武松打虎的故事。舅舅過世將近三十年了，但他酒氣沖天講故事的模樣，仍清晰的留在我的腦海。

說故事的人

黃文輝，生於臺灣高雄。臺灣大學機械工程研究所碩士與英國納比爾大學管理學院碩士。曾在新竹科學園區擔任工程師與經理等職務。已出版《東山虎姑婆》、《第一名也瘋狂》、《候鳥的鐘聲》、《鴨子敲門》等著作。

曾獲好書大家讀年度最佳少年兒童讀物獎。旅居英國和紐西蘭近十年，目前定居臺灣花蓮，從事兒童文學創作與偏遠地區兒童閱讀推廣。

猴子和毛蟹

故事採集・改寫／陳素宜

故事來源／日本民間故事

從前從前，猴子和毛蟹是很要好的朋友，他們常常一起在樹林和小河交界的沙灘上玩耍。

有一天，毛蟹在河邊撿到了釣魚人掉的飯糰，正想要大吃一頓的時候，猴子來了。

「毛蟹老弟，你在做什麼？」

「我撿到一個大飯糰，正要吃午餐呢！」

「哎呀呀，你真不夠意思，撿到好東西，怎麼沒有跟好朋友分享呢？」

毛蟹看看飯糰，吞了一口口水說：

「好吧，這麼大的飯糰，我自己也吃不完。猴子大哥，我吃一半，分你吃一半。」

「一半？這個飯糰我兩三口就吃光光啦，一半怎麼吃得飽呀！毛蟹老弟，你可不能讓好朋友餓肚子哦。」

「可是……，可是……。」

毛蟹肚子真的好餓呀，可是猴子大哥好像更餓呢，就在他猶豫不決的時候，猴子從地上撿起一顆種子給他：

「這樣好了，我用這顆柿子樹的種子，跟你換飯糰。」

「種子換飯糰？柿子樹的種子又不能吃！」

「誰說不能吃？你只要把它埋在泥土裡，記得澆水，好好的照顧它，它就會發芽長成一棵柿子樹，結好多的柿子給你吃。」

「真的？是那種又紅又甜的柿子嗎？」

「當然是真的！我怎麼會騙我最好的朋友呢？」

毛蟹又吞了幾口口水，最後還是把飯糰換了種子，眼睜睜的看著猴子把飯糰吃下肚。

毛蟹把種子埋進泥土裡以後，不但認真澆水，還不時唱歌給種子聽：

「曬曬太陽，喝喝水，種子種子快發芽，不發芽就要夾死你！」

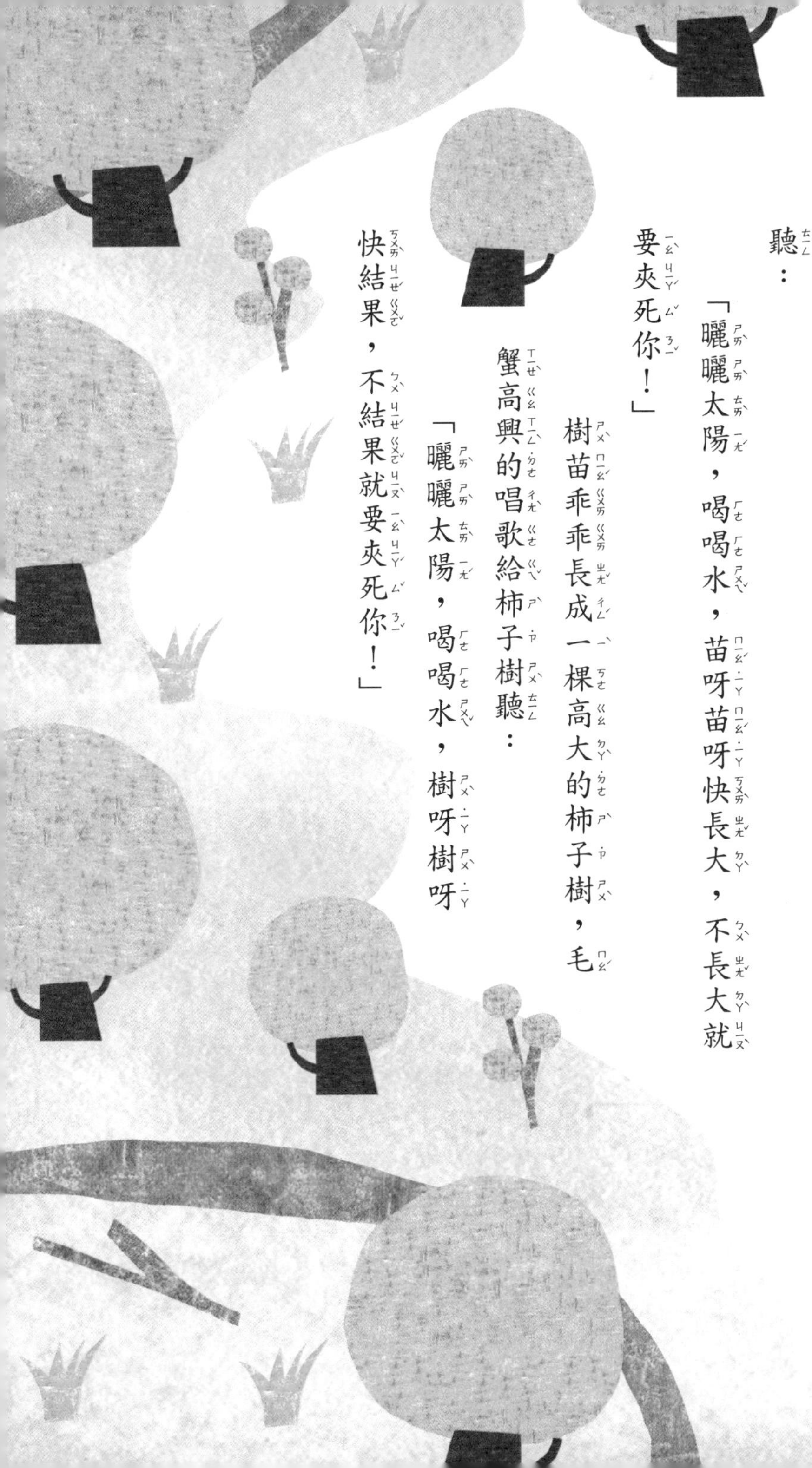

種子真的發芽了，嫩綠的葉子好漂亮。毛蟹高興的唱歌給樹苗聽：

「曬曬太陽，喝喝水，苗呀苗呀快長大，不長大就要夾死你！」

樹苗乖乖長成一棵高大的柿子樹，毛蟹高興的唱歌給柿子樹聽：

「曬曬太陽，喝喝水，樹呀樹呀快結果，不結果就要夾死你！」

柿子樹真的結了一樹的果子，有綠有黃還有紅，毛蟹終於可以吃柿子吃到飽了。但是，毛蟹不會爬樹，摘不到樹上的柿子呀，怎麼辦才好呢？毛蟹傷透腦筋的時候，猴子來了。

「毛蟹老弟，你怎麼啦？」

「我不會爬樹，摘不到柿子。」

「哎呀呀，有困難要跟好朋友說嘛，我最會爬樹了，我來幫你。」

可是猴子爬上柿子樹，只顧採紅柿子塞進自己的嘴巴裡，完全不管樹下的毛蟹請他丟幾個紅的下來，最後竟然嫌毛蟹太吵，摘了綠柿子砸毛蟹，想把他趕走！毛蟹用兩隻大螯遮著身體快跑，心裡下了一個決定：

「我再也不跟猴子做朋友了！」

難忘心情

小時候，家裡的大人總是十分忙碌，上山採茶，下田種稻，少有時間講故事給孩子聽。在拗不過孩子的請求時，就用兩句話打發掉：「頭擺頭擺，猴子和毛蟹。」意思是，很久很久以前，猴子和毛蟹。然後故事就此打斷，沒有進一步的發展，真是吊足小孩胃口！直到有一天，媽媽幫阿公、阿婆曬穀之後，趁著晚風涼涼，帶我走過鄉間小路回到街上的家時，終於把故事說完整了。這個故事伴著星光，一直一直留在我的心中。

說故事的人

陳素宜，臺灣新竹人，臺東大學兒童文學研究所畢業。一九八七年第一篇童話〈純純的新裝〉在《國語日報》發表後，開始努力從事兒童文學創作。作品涵蓋少年小說、童話和兒童散文等文類。作品得到九歌現代兒童文學獎、國語日報牧笛獎、陳國政兒童文學獎及好書大家讀年度好書獎、金鼎獎等多項兒童文學獎項的肯定。

已有童話、小說和散文等五十餘冊兒童文學作品出版。

三隻狗

故事採集．改寫／王宇清

故事來源／德國民間故事

從前有位老牧羊人，他有一雙兒女。老牧羊人去世以後，哥哥負起了照顧妹妹的責任。但是哥哥出外找了好久的工作，卻沒有合適的，於是，他決定在家牧羊。

有一天，來了一位老人，想用三隻狗和哥哥換三隻羊。

哥哥心想，羊還可以生產羊奶，三隻狗能有什麼用處？於是拒絕了。

老人告訴他：「我這三隻狗，可不是普通的狗，牠們的名字分別是：拿食物來、咬斷鐵鍊、吃下這個。只要你呼喚牠們的名字，牠們就會發揮名字所代表的神奇力量。」

於是哥哥試著喊了：「拿食物來！」其中一隻狗聽了突然跑開，過了一會兒，不知從哪裡叼來了一籃食物。

哥哥疑惑的問：「老爺爺，這三隻狗這麼棒，您怎麼捨得給我？」

老爺爺嘆了一口氣，說：「這三隻狗精力旺盛，總愛分頭亂跑，我年紀大了，拉不動了，沒辦法好好照顧牠們。」

於是，哥哥用三頭羊，換了老爺爺的三隻狗。

有一天，哥哥牽著三隻狗走在路上，一輛馬車駛近，車上傳來女孩的哭聲。哥哥上前一看，竟是公主在傷心哭泣著。他問馬車夫發生什麼事，馬車夫告訴他，附近有條吃人的惡龍，為了讓牠不到處作亂，國王每年都要主動送人去給牠當食物。今年，偏偏抽中了公主。

哥哥決定要幫助公主，於是跟著一起前往。果然，可怕的惡龍一見到公主，馬上撲了過來。哥哥連忙大喊：「吃下這個！」一隻狗立刻衝了上去，一口就把惡龍給吞下肚，還打了一個飽嗝。

「謝謝你救了我，請跟我回去，父王一定會重賞你的。」公主感激的說。

「這是我該做的事，希望公主此後平安快

樂。」哥哥婉拒了公主的好意後，帶著三隻狗離去了。

沒想到，回到皇宮後，馬車夫竟對國王謊稱是自己救了公主，國王高興的賞賜他爵位，並打算將公主許配給他。

可憐的公主憂鬱得生病了，愈來愈消瘦。

婚禮當天，哥哥正好來到城裡，他看見四處張燈結綵、喜氣洋洋，好奇的問路人在慶祝什麼？

「你不知道嗎？從惡龍口中救出公主的馬車夫，今天要和公主結婚呢！」

哥哥趕到王宮，想說明馬車夫是個騙子，卻被抓住，和三隻狗一起關進了地牢裡。

趁著獄卒不注意時，哥哥大喊：「咬斷鐵鍊！」狗兒立刻咬斷了鐵鍊。他們順利到了國王的面前，和公主一起揭穿馬車伕的謊言。

最後，哥哥和公主結了婚，三隻狗也和他們一起過著快樂的生活。

難忘心情

現在回想起來，三隻狗的故事，根本就是「神奇寶貝」的「祖先」！三隻狗各有神奇的能力，聽命主人的指揮；善良正直的主人善用機智，在巧妙的時機正確的派出狗兒發揮本領，打敗敵人、突破困境，簡直太吸引人了！

說故事的人

王宇清，一個想很多卻寫得很慢的創作者，透過為孩子寫故事，學習正向面對自己和欣賞世界。曾獲九歌少兒文學獎、國語日報牧笛獎、好書大家讀年度最佳少年兒童讀物獎等。出版有《妖怪新聞社》系列、《願望小郵差》、《水牛悠尾的煩惱》、《空氣搖滾》等作品。其他作品散見於《國語日報》、《國語日報週刊》、《小典藏》雜誌等。

除了寫故事之外，最喜歡收集樂器，並發出一些別人覺得有點吵鬧，卻自認有點好聽的聲音。

金斧頭和銀斧頭

故事採集・改寫／石麗蓉

故事來源／伊索寓言

「喀、喀、喀、喀……。」什麼聲音從青青森林裡傳出來？

連小動物們都知道，這是樵夫阿福在砍柴。

阿福是個勤勞的樵夫，住在青青森林邊上的小木屋裡。每天到森林裡砍柴，賺錢養活一家人。

這天，天氣特別炎熱，陽光像一支支金色的箭，從樹梢射下來。才一會兒功夫，阿福已經滿身大汗。

「喝個水，洗把臉去吧！」阿福把斧頭繫在腰間，往河邊走去。阿福最愛這條小河，他總是坐在河邊的石頭上，看著河水閃著金光，讓微風輕輕吹拂。

「啊！真是舒爽。」正當阿福彎下腰洗臉時，「嘩！」的一聲，腰間的斧頭竟滑進河裡。

「哎呀！這可怎麼辦？」

伸手撈，撈不著。用樹枝勾，也勾不到。阿福慌張的想盡辦法，小動物們也都手忙腳亂來幫忙。可是河水又深又急，斧頭還是無影無蹤。

「嗚嗚嗚——嗚嗚嗚——」阿福想到沒有斧頭可以砍柴，一家人就要挨餓，忍不住擔心的哭了起來。

「誰呀？一大早，哭得這麼傷心。」還在水草床上睡大覺的河神，被哭聲吵醒，睡眼惺忪的冒出水面。

「你為什麼在這裡哭呢？」河神問。

阿福說：「我的斧頭掉到河裡，沒有斧頭，全家人就要挨餓了……。」

河神聽完，伸個懶腰潛進河裡，不一會兒，從水裡拿出一把金光閃閃的斧頭，問阿福：「這是你的斧頭嗎？」

阿福搖搖頭說：「這是金斧頭，不是我的，我的斧頭是鐵斧頭。」

河神又潛進河裡，從河裡拿出第二把斧頭，再問他：「這是你的斧頭嗎？」

阿福還是搖頭說：「這是銀斧頭，也不是我的，我的是鐵斧頭。」

過了一會兒，河神再從水裡拿出一把斧頭，問：「這是你的斧頭嗎？」

阿福仔細一看，很高興的說：「是的，這就是我的鐵斧頭！」

河神說：「你真是個誠實又不貪心的人，我要好好的獎勵你。」就把金斧頭和銀斧頭都送給了樵夫。

這件事很快傳遍青青森林。鳥兒到處唱著：「啾啾啾，阿福阿福好福氣，金斧銀斧送給你……。」

歌聲傳到另一個樵夫阿火耳朵裡，他也想得到金斧頭和銀斧頭。就到河邊，故意把自己的斧頭用力丟進河裡，然後在岸邊假裝哭了起來。

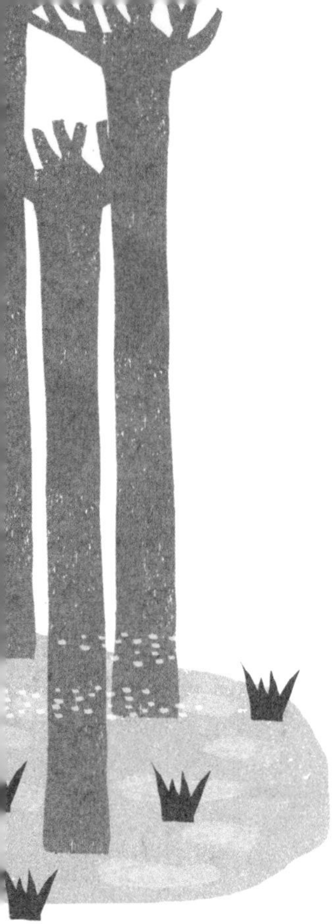

河神果然冒出水面來問他：「你為什麼哭呢？」

他說：「因為我的斧頭掉進了河裡。」

河神從水裡拿出一把金斧頭，問阿火：「這是你的斧頭嗎？」

阿火一看到金斧頭，就連聲說：「對！對！對！這就是我的斧頭。」

河神生氣的說：「哼！你這個貪心的人，應該得到懲罰！」就拿著金斧頭，頭也不回的潛到河裡去了。貪心的阿火不但沒有得到金斧頭和銀斧頭，連自己的鐵斧頭也永遠沉在河裡了。

難忘心情

〈金斧頭和銀斧頭〉是伊索寓言裡的故事，教我們要誠實，不要貪心。不過，我之所以忘不了這個故事，和它的教育意義不是很有關聯。小時候，家住基隆，有一次，媽媽帶著我路過港口邊，可能是走累了，我們在港邊的花圃旁坐下來休息。媽媽給了我一顆陳皮梅，然後講了〈金斧頭和銀斧頭〉的故事給我聽。我一邊吃著酸酸甜甜的陳皮梅，一邊聽著故事，可能在那一刻，小小的我忽然覺得擁有了全部的母愛（因為我們兄弟姊妹共有四人），感覺非常幸福而滿足。所以，這個故事也就深深的留在腦海裡，想起它時，還隱約嘗到陳皮梅酸溜溜的味道呢！

說故事的人

石麗蓉，生於基隆的宜蘭人。當過二十五年的老師，喜歡畫畫、寫寫、走路、看書、聽音樂。久居都市之後，現在練習當鄉下人。

已出版作品：《小黑猴》、《我不要打針》（獲第37屆金鼎獎）、《穿越時空的美術課》、《12堂動手就會畫的美術課》、《爸爸的摩斯密碼》、《好傢伙，壞傢伙？》。

獵人與母鳥

故事採集・改寫／黃基博
故事來源／口傳故事

一個陽光明麗的早晨，有個年輕的獵人背著槍，戴著鴨舌帽，輕哼著歌，要到森林裡去打獵。

他來到入口處時，聽到有個聲音在呼喚他：「獵人先生！請你停下來聽我說話好嗎？」

獵人抬頭一看，發現樹上有隻母鳥正看著他。獵人問：「請問，剛才說話的是你嗎？」

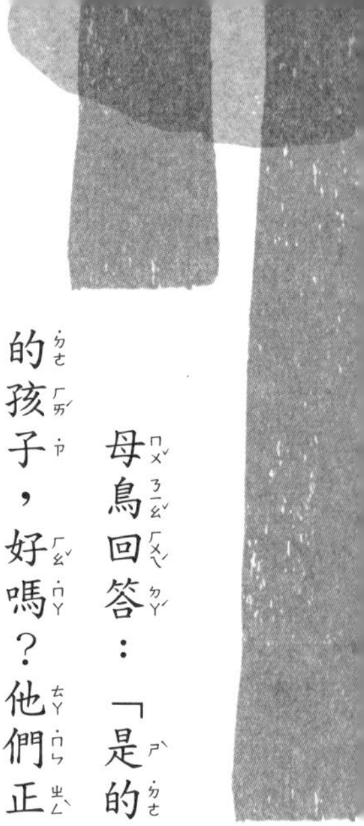

母鳥回答：「是的，我想拜託你，請不要射殺我的孩子，好嗎？他們正在森林裡快樂的吃果子、玩遊戲呢！」

獵人答應：「當然沒問題。不過你得先告訴我，你的孩子有什麼特徵？」

母鳥說：「我的孩子是世界上最美麗的鳥兒。」

獵人點點頭後，告別了母鳥，走進森林裡。

過了半天，獵人背著一個裝著獵物的網子走出來。

母鳥氣憤的衝了過來，使勁的啄獵人。

獵人一邊閃躲，一邊喊著：「別這樣！你為什麼要啄我？」

母鳥悲憤的哭著說：「你真是個心地殘忍、說話不算話的人！你

答應我不殺害我的孩子，最後卻殺害了他們！」

獵人搖頭否認：「你誤會了！我遵守諾言，沒有射殺你的孩子哪！你看網子裡的這些鳥兒，全都是長得灰撲撲的平凡鳥兒，沒有一隻漂亮的鳥兒。」

母鳥火冒三丈，聲嘶力竭的叫著：「可惡的獵人，笨蛋獵人！世界上每一位母親，都認為自己的孩子是最美、最可愛的！」

獵人感到萬分慚愧，心幽幽的疼痛了起來，踏著沉重的腳步離開。他雖然沉默不語，卻在心裡對母鳥說了千百次抱歉，並下定決心，把獵槍冰封起來，不再打獵了。

難忘心情

小時候，我得了輕微的小兒痲痺症，脊背微駝，走路有點跛，常受到幾個同學的揶揄、嘲笑，我產生了很重的自卑感，鬱鬱寡歡。母親說了這個故事給我聽，她是在暗示我，即使我的身體有殘疾，在她的心目中，永遠是美的。這個故事從此深藏我心中，很感謝母親帶走了我童年的憂鬱。

說故事的人

黃基博，臺灣屏東縣人。屏師畢業後，在國小任教四十餘年，現已退休。教學之餘，從事兒童文學寫作，作品有童詩、兒歌、童話、故事、散文、歌曲、劇本……，共出版了六十七本著作。

曾獲洪建全兒童文學獎、中國語文獎章、金鼎獎、高雄市文藝獎、海翁臺語文學獎等。在教學方面，獲師鐸獎兩次，杏壇芬芳獎兩次。

螞蟻報恩

故事採集．改寫／林玫伶

故事來源／中國民間故事

從前有一個窮秀才，在苦讀多年後進京趕考。他靠著雙腳，每天跋山涉水，片刻也不敢鬆懈，就怕耽誤了考期。

有一天，下雨過後，他照常背起行李趕路。走著走著，前方有一條溪流，窮秀才看溪水清澈，就蹲下身來，用雙手捧起水洗臉。忽然發現水上漂來枯樹枝，一群螞蟻正在枯枝上載浮載沉，眼看就要滅頂，十分驚險。

可能是剛下過雨的緣故，枯枝才會被沖入溪流，而這群螞蟻本來在枯枝上，不幸即將送命，現在著急得不知如何是好。

秀才頓時起了憐憫之心，在溪邊摘了一片大樹葉，遞上前去，讓螞蟻可以爬上這片救命的葉子。等螞蟻平安以後，秀才又繼續趕路了。

後來，秀才在京城考試得到不錯的成績，可是他發現自己有一題寫錯了字，本來應該寫「太」字，卻因為緊張疏忽而寫成「大」字，在競爭激烈的考試中，只要一個字寫錯，可能就名落孫山了，秀才為此懊悔不已、唉聲嘆氣。

但奇怪的是，主考官在批閱試卷時，並沒有發現這個錯字，這位秀才竟然金榜題名，還高中狀元。

秀才不敢置信，明明錯了一個字，怎麼可能得到榜首呢？秀才百思不得其解，同時也擔心自己明知有錯字卻不坦白，將來被發現恐怕也會犯上欺瞞之罪，因此主動到主考官府上拜訪，把這件事稟告清楚。

主考官聽了以後，把秀才的試卷拿出來再看一遍。果然如秀才所言，寫的是「大」而不是「太」，但「大」字下面卻有一隻螞蟻停在那裡。主考官把螞蟻吹走，螞蟻又爬回來停在同樣的位置，一連幾次都是這樣，讓兩人驚訝不已。

考官問秀才，在進京趕考的途中，有沒有遇過什麼特別的事，秀才這才想起在溪旁救了一群螞蟻，便一五一十的告訴主考官。

大

主考官微笑著讚許秀才，不但對弱小的螞蟻有愛心，為人又誠實，連螞蟻都不忘報恩；將來當官，一定是正直清廉的好官。主考官不但不扣秀才的分數，還把他的愛心美德呈報給皇帝，大大的嘉許他。

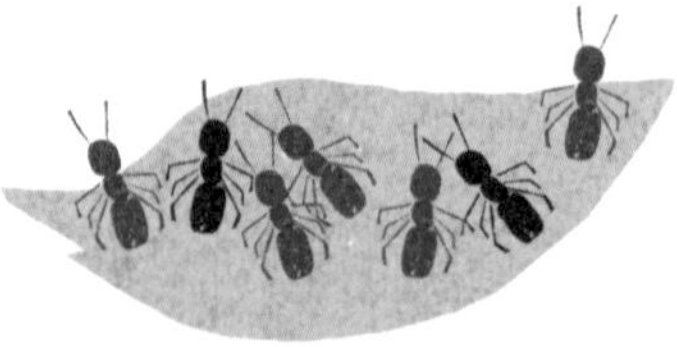

難忘心情

小時候讀這個故事，心裡大為感動，秀才一念之間的善行，竟能換來如此大的回報。當時認為這隻「化大為太」的螞蟻，就是在溪水中化險為夷的螞蟻之一；要不就是那些獲救的螞蟻發出電報，通知住在京城的螞蟻要代為回報秀才。不管如何，這隻「關鍵一點」的螞蟻可是冒著生命危險的（主考官只要手指輕輕一壓就死翹翹啦），多麼令人敬佩呀！

從此我不會隨意弄死螞蟻，甚至，心裡也渴望自己的好心能有好報。不過，長大後，漸漸不那麼「功利」了，因為，好心善行本身就會帶來買不到的愉悅啊！

說故事的人

林玫伶，臺北市國語實驗國民小學校長、兒童文學作家。著有多部校園暢銷作品並獲獎，包括《小耳》（臺灣省兒童文學創作童話首獎）、《我家開戲院》（好書大家讀年度最佳少年兒童讀物獎）、《招牌張的七十歲生日》（入圍金鼎獎）、《笑傲班級》、《小一你好》、《童話可以這樣看》、《閱讀策略可以輕鬆玩》、《經典課文教你寫作》等十餘部作品。

渾沌開竅

故事採集．改寫／蔡宜容

故事來源／中國古典《莊子．內篇．應帝王第七》

當時，宇宙一片洪荒，神靈鬼怪在天上與地下行走，他們彼此殺戮，想要在天地之間建立一個沒有異族的純淨世界。但是，部族之間為了抵抗強敵，往往互相連姻結盟，戰鬥愈激烈，跨族結盟的情況就愈普遍。最後，沒有一個部族稱得上「純種」，每一個部族的血脈，都摻雜著超過一個以上敵人部族的血脈。這時，南方與北方的賢士們提出停戰協議，他們宇宙走透透，傳達「雜種就是新純種」的信念，呼籲神靈與鬼怪，放棄殺戮，建立神鬼共和邦聯。

南海之帝「倏」與北海之帝「忽」，就是賢士幫的關鍵角色，他們倆本來就是鐵哥兒們、好朋友，結伴周遊宇宙，協議各方休兵，過程中幾度遭遇生死交關的險境，但總是能夠化險為夷。「倏」的個性帶著幾分疏狂與頑皮，「忽」則是謹慎多謀慮，兩個人一搭一唱，幾乎把這趟玩命的任務，當作環遊宇宙的歡樂旅行。

直到他們來到天山。

天山位於宇宙的中心，距離前後左右，東西南北，都是三萬三千三百五十蛇里（蛇里是宇宙計量單位，每一蛇里相當一條繞樹三百匝的蟒蛇那麼長），掌管天山的中帝名叫「渾沌」，他渾身圓通通，生著六足四翼，沒有頭，自然也沒有臉，但「渾沌」是天生的舞者，他六

隻腳、兩對翅膀躍動起來，簡直像是千萬隻蝴蝶翩翩飛來……。「渾沌」天真善良，他雖然看不見也聽不見，卻以最真摯、最迷人的舞蹈，迎接來自南方與北方的賢士二人組。

「倏」、「忽」看傻了，許久許久說不出話來。好半天，才聽見「倏」深深嘆了口氣。「忽」說：「我知道，我也以為自己聽見音樂的聲音，是這傢伙跳得太美好、太有韻律，讓我們產生錯覺。」「倏」再次嘆了口氣。「忽」說：「我知道，我也是這麼想，如果這傢伙看得見、聽得見，我看他能把死人都跳活了。」

「倏」這回不嘆氣了，他說：「這傢伙真可憐，沒有

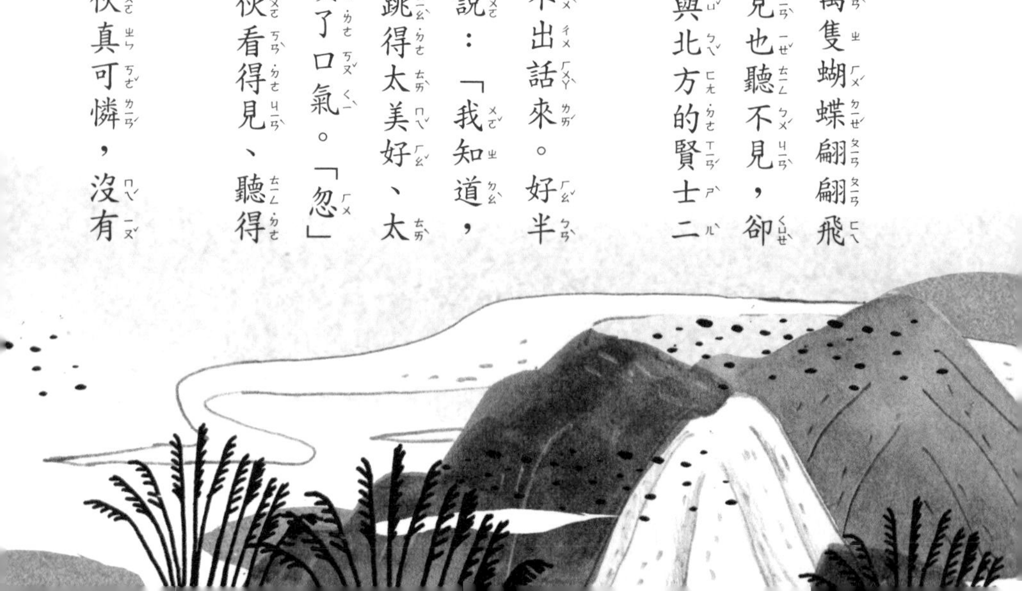

眼耳鼻口，七竅俱缺，聽不見風聲，嘗不到花蜜，看不見日落，忽啊，我們在這待上七天，每天幫他鑿開一竅，你說好不好？」

於是賢士二人組為渾沌日鑿一竅，七天過後，七竅鑿成，渾沌死了。

悲傷又懊悔的「儵」與「忽」，將渾沌埋在天山腳下。他們從此沒有回到南方，也沒有回到北方，有人聲稱，許久以後，在宇宙的邊緣見過兩位賢士，但是沒有人能夠證實這件事的真偽；至於宇宙部族的停戰協議，最後簽成了沒有？基於某種原因，我不打算告訴你。

難忘心情

小時候讀到渾沌開竅的故事，長大之後才知道原來出自《莊子．內篇．應帝王第七》；小時候故事只聽了一半，還以為開竅是件可喜可賀的事，人因此變得聰明伶俐，一點就通，這簡直太美妙，心想我什麼時候才能開竅。長大之後赫然發現，渾沌一片真誠，倏忽一片好意，雙方都是為對方著想，怎麼折騰出殘忍的結局？原來，有時候善意跟敵意一樣可怕，都會讓悲劇發生。我打了個哆嗦，忍不住一再重讀這個故事。

說故事的人

蔡宜容，英國瑞汀大學兒童文學碩士，現為臺東大學兒文所博士生，譯作包括《沙莉拉赫特三部曲》、《謊話連篇》、《哈倫與故事之海》、《盧卡與生命之火》、《沙莉拉赫特三部曲》、《城市裡的鳥巢》等；著有《癡人》、《中美五街今天二十號》等。臉書專業「Dodoread都讀」討論兒童、文學、評論，歡迎來逛逛。

荷蘭小英雄

故事採集・改寫／李光福

故事來源／荷蘭民間故事

荷蘭是個低地國，大部分國土都低於海平面。為了保護家園，不受到海水侵襲，荷蘭人在海邊築起了長長、高高的堤防，以免海水灌進陸地，使生命財產遭受損失。

一天下午，八歲的彼得正在前庭玩耍。媽媽把他叫到面前，交給他一袋中午做的餅乾，要他送去給隔壁村子的一個獨居親戚，還提醒他不要太貪玩，不要在路上耽擱，天黑之前要回到家裡。

彼得提著餅乾，帶著輕快的心情出發了。到了目的地，把餅乾交給親戚，彼得想起媽媽要他在天黑之前回家的囑咐，向親戚道別後，轉身立刻往回走。

彼得沿著堤防往回走，一邊走，一邊停下來欣賞路邊美麗的花兒，或是追著在花間飛舞的蝴蝶跑，追得好不開心。忽然，他發現太陽不見了，天快黑了，想到媽媽的囑咐，他立刻拔腿往前跑。

跑著跑著，他聽到一個聲音，是滴答的水聲。彼得停下腳步，仔細查看四周，原來是堤防下方破了一個小洞，海水正滴答滴答的從小洞流下來。

看到這情形，彼得立刻意識到危險，他想：如果洞愈來愈大，海水就會沖破堤防，灌進陸地，最後就會淹沒整個國家……。想到這裡，彼得猛的蹲下身子，用手指堵住小洞，水因此不滴了。

一開始還好，不久，天黑了，變冷了，彼得的手指一直堵著小洞，手臂又痠又痛、又僵又麻。可是，都沒有人經過，更沒有人可以幫他的忙。彼得想把手鬆開，但是，當他這麼一想，腦海就浮現家人被海水淹死的畫面，只好繼續堵住小洞。

氣溫愈來愈低，彼得愈來愈累，他把身體靠在堤防上，以免因倒下而鬆了手，他不斷告訴自己：一定要堅持住，不能讓海水沖破堤防……。

夜漸漸深了，彼得又冷又累，又餓又渴，幾乎快撐不住了。這時，正好有一個人經過，發現了蜷曲在堤防旁的彼得，蹲下來問：「小朋友，發生什麼事了？你不舒服嗎？」

彼得有氣無力的說：「這裡破了一個洞，我怕海水沖進來，會淹沒陸地，我用手指堵住它。」

路人聽了，立刻回去叫人帶著工具來修復洞口，並且把疲憊不堪的彼得送回家。村子裡的人知道八歲的小彼得救了大家的英勇事蹟，都稱他為荷蘭小英雄。

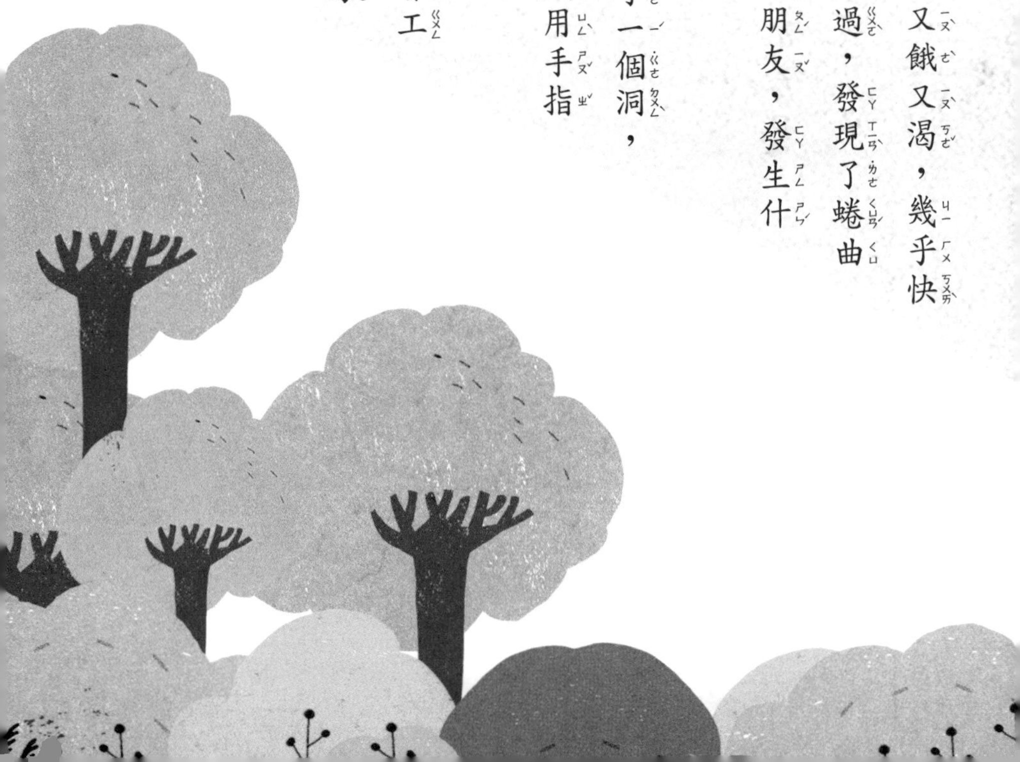

難忘心情

這是從前收在小學國語課本裡的故事，在那個英雄主義為主流的年代，讀到這樣一篇動人的故事，對小男孩的英勇佩服了好一陣子。經過數十年，男孩身體靠著堤防、用手堵住小洞的畫面，依舊栩栩如生的印在腦海裡。

說故事的人

李光福，新竹師院語文教育系畢業，在小學任教三十一年退休。目前是專職兒童文學作家，著作逾百餘本。作品曾獲金鼎獎入圍、國立編譯館人權教育優良圖書獎、好書大家讀年度好書獎、九歌少年文學獎等獎項。

席方平

故事採集・改寫／鄭丞鈞

故事來源／《聊齋誌異》

席方平的父親得罪過的一位富人去世了，沒多久，父親也病危。臨死前，父親告訴席方平，是那位富人買通陰間的小鬼來害他。當晚，席方平的父親全身紅腫，在哀號聲中痛苦的去世。

孝順的席方平為了替死去的父親申冤，決定到陰間打官司。

到陰間後，他看到父親的腿被打斷，被綁在屋簷下。憤恨不平的他，先是安慰父親，然後便去向城隍爺告狀。可惜城隍爺也被壞人收買，沒理會他。席方平焦急的趕了上百里的路，去找城隍爺的上司；沒想到，那位職位比城隍更高的上司，也被壞人收買了！

冤屈難伸的席方平，決定去找陰間最有權力的人——閻羅王告狀。閻羅王見到了席方平，居然不聽他的說明，

就先把席方平毒打一頓，之後再叫身旁的小鬼，把他丟到一張被火燒得通紅的大鐵床上煎烤。席方平慘叫連連，痛苦難耐；那些心狠手辣的小鬼，還故意像在煎鐵板燒一樣，把席方平的身體翻來覆去。就這樣煎熬了許久後，才把全身焦黑的席方平抬下來。

痛苦的懲罰還沒結束，閻羅王見席方平依舊嘴硬，嚷著要為父親申冤，甚至大喊就是因為自己沒錢賄賂，才會遭受這些不公平的待遇；他叫另一批小鬼，把席方平的身軀鋸成兩半。

受盡折磨的席方平終於在閻羅王面前屈服，說不告了。

離開陰間的席方平，想到陰曹地府居然和陽間一樣黑暗，甚至連閻羅王都可以被買通，就感到忿忿難平；他又想了一個辦法：到二郎神面前去控訴，因為大家都說二郎神非常正直，常為公理正義而戰！

身心俱疲的他，打起精神往南方走，大約數十里後，他見到有一大隊華麗的車隊過來，二郎神竟然就在其中。

二郎神聽了席方平的說明後，立刻將城隍、閻王等都押解過來，當場審問他們的罪狀及刑罰，席方平和他父親的冤屈真的得到平反，他的父親甚至死後復生，最後還活到九十多歲呢！

難忘心情

故事中的那些恐怖刑罰，讓我對這故事印象深刻。小時候，曾在廟裡見過地獄中各式刑罰的壁畫和恐怖的畫面，再佐以席方平的故事，讓年幼的我，有了更活靈活現的想像。席方平努力不懈的想為父親申冤，連續控告卻屢告屢敗，使得故事產生一種「遞進」意味十足的趣味感。這個堅持追求公理的故事，經過數十年的發酵，也讓我感慨更深。

說故事的人

鄭丞鈞，臺中東勢人。臺大歷史系畢業，臺東師院兒童文學研究所碩士。曾任兒童雜誌編輯，現為國小教師。作品曾獲臺灣省兒童文學獎、九歌現代少兒文學獎、牧笛獎等獎項；已出版《妹妹的新丁粄》、《帶著阿公走》等書。因為從小就喜歡看故事，激發了很多的想像，所以長大後很努力的寫故事給小朋友看。

白蛇傳

故事採集．改寫／鄭宗弦
故事來源／中國民間故事

傳說很久以前，有一條白蛇被人抓去市集販賣，一位姓許的人看見了，心生憐憫，便高價買下放生。

白蛇滿懷感恩之情，回到山林後便潛心修煉，每日吸取天精地氣、日月精華，逐漸修煉成千年道行的蛇精。

某天，白蛇精遭逢同樣有千年道行的蝦蟆精挑戰。為了保住地盤，雙方戰得難分難解，最後平手收場，但也結下了冤仇。不久，又有一條青蛇精來挑戰，但因只有五百年道行，輸給了白蛇精，而成為她的部下。

白蛇精不忘當年放生之恩，尋尋覓覓找到了恩人的後代許仙。她變身為人形，取名白素貞，並令青蛇精小青當她的婢女，在西湖作法下大雨，再將雨傘借給倉皇躲雨的許仙，製造相遇的機會。

過幾天，許仙前往白家還傘，與白素貞相互愛慕而結成夫妻。在白素貞相助之下，許仙經營起一家中藥舖。為了幫許仙賺錢，白素貞故意在井水裡下毒害人生病，並販賣解藥，大賺黑心錢。這不但引起官府的懷疑，也讓茅山道士和金山寺的法海老和尚發現有妖魔作祟。

茅山道士想要揭發白素貞的身分，卻被她的法力打得抱頭鼠竄。法海也三番兩次來提醒許仙，說他老婆是妖怪，許仙總是半信半疑。

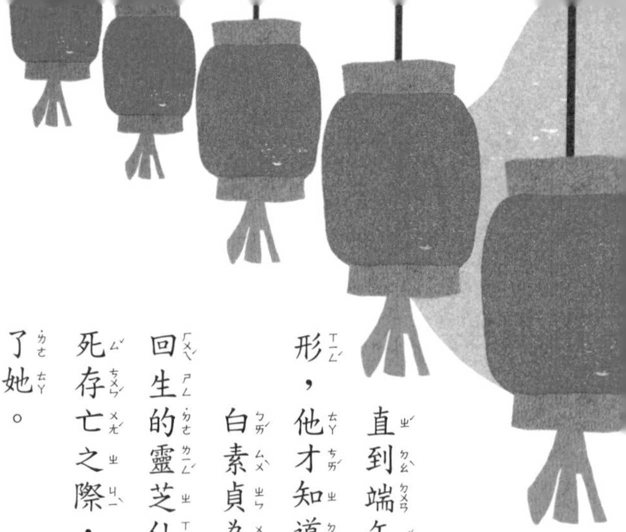

直到端午節時，許仙強迫白素貞喝下雄黃酒，白蛇精現出原形，他才知道法海所言不假，卻也同時受到極度驚嚇而喪命。

白素貞為了救許仙，冒死前往南極仙翁的仙洞，盜取能起死回生的靈芝仙草。她打敗了守衛鹿仙，卻輸給了鶴仙，幸好在生死存亡之際，南極仙翁出現，肯定白素貞的情義，而將仙草送給了她。

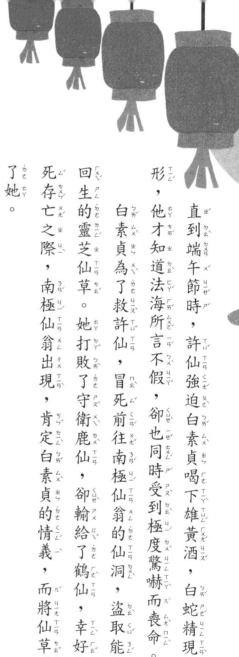

許仙服下仙草之後起死回生，卻害怕的躲進了法海的金山寺。此時白素貞已經懷有身孕，不甘心家庭遭人拆散，便與小青前往金山寺向法海要人。

法海認為人妖殊途，堅決不肯放人。白素貞一氣之下，與小

酒

青聯手，掀起滔天狂浪淹沒金山寺，因而害死了千百人性命，觸犯了天條大罪。

法海與她們鬥法，她們已經消耗了不少法力，加上身懷六甲的白素貞本就虛弱，兩人敗陣脫逃。途中，白素貞產下兒子，力氣用盡，法海趁機將她收服到他的缽中，並關入雷峰塔去接受風雨雷電的懲罰。

原來法海是蝦蟆精轉世為人，故意來與白蛇精作對的。還好，二十年後，白素貞的兒子許夢蛟在許仙的撫養下長大成人，高中狀元，前來雷峰塔祭拜母親，白素貞才得道升天，有了圓滿的結局。

難忘心情

幼時讀這個故事，總是對白素貞報以深度的同情。不過，因為白素貞畢竟是蛇精，那亦正亦邪的個性，才讓故事變得更加懸疑有趣。在奇幻、驚悚、打鬥的熱鬧情節中，也體會到「善惡到頭終有報」的道理。

說故事的人

鄭宗弦，喜歡閱讀，熱愛創作。曾榮獲數十個文學獎項，出版書籍有：《鄭宗弦的「鬼」故事系列》、《豬頭小偵探系列》、《快樂點心人系列》、《香腸班長妙老師系列》、《媽祖林默娘》、《穿越故宮大冒險系列》等書。

一個最長最長的故事

故事採集・改寫／鄒敦怜

故事來源／口傳故事

從前從前，有一個富有的員外，僱請了很多佃農，每個佃農每天都非常認真的工作。秋天到了，稻米收成了，因為今年風調雨順，收穫特別好，金黃色的稻穗低垂著頭，整片農田散發著稻香。員外的田地太寬廣了，一眼望過去，都看不到盡頭。

哇！看到稻作如此豐收，每個人都非常開心，他們辛苦了一整年，就是等著這一天。收成時，佃農們忙得手忙腳亂，不斷的割下稻子，把稻子放上打穀機，把穀子裝入麻袋裡……。之後，他們發出「嘿唷嘿唷」的聲音，把麻袋扛上牛車。每一頭牛後面拉著的牛車，都裝得像一座小山一樣高，佃農跟在牛車後，伴著身後長長的影子，在夕陽中回家。

他們就這樣工作了七天，才把田裡的稻子都割完。

稻穀運回家後，工作還沒結束，要把稻穀攤在地上鋪平，把稻穀曬乾，最後才裝進袋子裡收藏。收成的稻穀太多太多了，曬穀場不夠曬，只好鋪在馬路上。一整條馬路都變成金黃色的，整個村莊都是濃濃的香氣，連睡覺作夢時，聞著這香氣都會微笑。

他們的穀子在大太陽下曬了七天後裝進麻袋，放進倉庫。今年收成太好了，一個倉庫不夠放、兩個倉庫不夠放、三個倉庫不夠

放……。最後，員外的十個倉庫通通放滿了。每個佃農家裡的小倉庫，通通放得滿滿的，再也塞不下了。想到今年的豐收，每個人都睡得好甜好甜。

大家都熟睡了，誰也沒注意到，在離屋子最遠的第十個穀倉附近，有一窩螞蟻。螞蟻王看到豐收的稻穀，決定搬一些回家。大隊的螞蟻雄兵出動，牠們從穀倉下面挖出一個小小的洞。第一隻螞蟻匆匆忙忙進去探了探，牠出來大聲的說：「裡頭沒有貓！」於是，第一隻螞蟻從左邊

的小洞走進穀倉，搬了一粒米，走呀走呀，從右邊的小洞出來；接著，第二隻小螞蟻也從左邊的小洞走進穀倉，搬了一粒米，走呀走，從右邊的小洞走出來……第三隻螞蟻……第四隻螞蟻……。

難忘心情

〈一個最長最長的故事〉是木訥寡言的爸爸所說的故事。

那一年暑假，媽媽到北部進修，爸爸負責照顧我們，我們姊弟倆吵著要聽故事，而且非要一個最長最長的故事不可。爸爸被纏得沒辦法，就迸出這個故事。故事最後一段，就是這一窩的螞蟻，如何依序走進穀倉、搬走一粒米，再走出來……。

雖然故事有一大半都是重複的文字，但是那些電風扇嘎嘎聲夾雜的夏夜，爸爸溫和平穩的聲音說著小螞蟻的行動，我們也在這樣的聲音韻律中慢慢的睡著。爸爸就用這個故事應付了我們一整個夏天。

長大後，我想到這個故事背後藏著的意義：爸爸的記憶裡有太多小佃農與天爭糧的辛酸記憶……。那些悲慘記憶在轉彎之後，化做這麼一個豐收的故事。

說故事的人

鄒敦怜，當了很多年的老師，寫了幾十本書，得過幾個文學獎。

從小就喜歡嘗試新鮮事物，喜歡問問題，更喜歡纏著家人說故事。每次聽過故事之後，對每個故事又會產生許許多多的疑問。長大之後，變成一個喜歡說故事的老師，開始寫下一個個有趣的故事；在創作中得到很大的快樂，希望美好有趣的故事，成為大家共同的記憶。

三根金頭髮

故事採集・改寫／蔡淑媖
故事來源／格林童話

從前，有個國王聽到預言說，他的寶貝女兒將嫁給一個窮人家的小孩，心裡非常不安。後來，公主真的看上一個窮小子，國王為了阻撓他們，便出了一道難題：要窮小子到遙遠的山區，拔下巨人的三根金頭髮回來，才答應婚事。

窮小子接受挑戰，隻身前往巨人住的地方。他走了好長的路，來到一個村莊，發現這個村子瀰漫著一股不安的氣息，原來，村子裡有一口會湧出甘甜泉水的井，不知道為了什麼，突然一滴水也出不來。村民們看到外地來的年輕人，燃起一絲希望，問他可否解決問題？窮小子說：「等我從巨人那裡回來，再告訴你們答案。」

窮小子繼續往前走，來到另一個村莊。這裡的村民們正聚集在一棵蘋果樹下議論紛紛。原來，這棵蘋果樹每年都會結又大又香又甜的蘋果，而且數量多到全村的人都吃得到。可是，不知道為什麼，今年這棵蘋果樹不但沒有結果，還漸漸枯黃。村民們病急亂投醫的請求他治好這棵樹，窮小子說：「請再忍耐一段時間，等我從巨人那裡回來，一定幫你們解決。」

窮小子愈來愈靠近巨人住的地方。眼前出現一條遼闊的河流，有個船夫坐在船上對他招手：「要過河嗎？」窮小子跳上小船，不一會兒，船夫便把他送到對岸。離去前，船夫央求他：「我已經在這裡渡船一輩子了，很想退休；可是，不知道為什麼就是離不開這艘船，請告訴我該怎麼做。」窮小子說：「沒問題！等我從巨人那裡回來，一定告訴你。」

窮小子終於來到巨人住的地方。巨人不在家，屋子裡只有巨人太太，巨人太太很喜歡這個年輕人，決定幫助他。巨人太太把窮小子變成一隻螞蟻，藏在口袋裡。巨人回來後，巨人太太準備了豐盛的晚餐，用餐完便催促巨人快去睡覺。

巨人一睡著，巨人太太馬上偷拔一根巨人的金頭髮，沒想到，巨人醒了，他不悅的說：「吼……，你在做什麼！」巨人太太回答：「對不起！我作了一個惡夢，夢到有一個村子的井乾涸了，村民央求我處理……。」巨人說：「把井裡那隻青蛙抓出來就好了。」接著，巨人太太又用同樣的方法，問了另外兩個問題，巨人說蘋果樹下有一群老鼠，只要把老鼠趕走，蘋果樹就會結果。船夫只要把船槳交給另一個人，就可以順利離開渡船。

窮小子順利拿到了三根金頭髮，也得到三個解決難題的方法，

連夜趕路回去。路上，他解決了村民的問題，最後也達成國王給他的任務，如願娶到公主。

國王決定把國家交給女婿和女兒，獨自出去旅行。他喝了可口的泉水，吃了香甜的蘋果，最後來到河邊，和一位船夫相談甚歡。最後，船夫把槳交給國王，回家享受退休生活，而國王很高興自己當了一輩子的國王以後，還可以轉行做其他的工作。

難忘心情

我住的鄉下沒有幼稚園，孩子們都是七歲才開始上學。我們從小說閩南語，沒有聽過北京話，這是上小學後，我的第一位啟蒙老師，用親近大家的語言——閩南語，說給我們聽的第一個故事，這也是我上小學聽到的第一個故事。

說故事的人

蔡淑媖，出生於嘉義沿海的偏僻小村莊。從小愛說話，是個很吵的小孩。愛說話也愛聽大人說話。最喜歡學校的說話課，因為不用聽課和考試，又有故事可以聽，自己也常常上臺說故事。認真算來，說故事已經超過四十年了。現在是兒童文學工作者，除了說故事，也寫故事和教課。

吹笛人

故事採集・改寫／童　嘉
故事來源／德國民間故事

從前，有一個叫做哈姆恩的美麗村莊，長久以來一直飽受老鼠為患之苦，老鼠破壞屋舍，偷吃存糧，還散播病菌，村民飽受其苦，村中貼滿了重賞能滅鼠者的告示，卻始終沒有人能想出辦法。

有一天，一位路過村莊的吹笛人看到了告示，於是拿起他的笛子，邊走邊吹出特殊的曲調。各處的老鼠聽到了笛音，竟神奇的往吹笛人走去，一路跟隨著走出了村莊。吹笛人帶著一大群老鼠，來到郊外的河邊；老鼠聽著吹笛人的曲調，像是被催眠般，一隻隻跳入河中淹死了。

吹笛人解決了阿姆恩的鼠患，回到村中準備領賞時，村民卻反悔了，辯稱是老鼠自己投河而死，拒絕給吹笛人賞金，甚至怒斥他是騙子，趕他出城。吹笛人非常生氣，留下一句：「我會拿走你們最珍貴的東西！」掉頭離去。

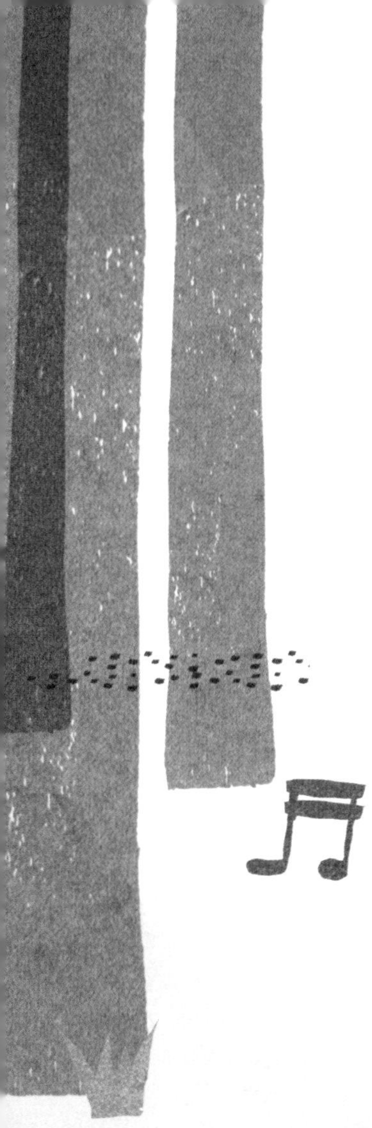

村民有些害怕，紛紛回家將金銀財寶藏好，不過，吹笛人始終沒再出現，大家也就忘記了這件事。

一個風和日麗的星期日上午，村民們到教堂做禮拜，只留下小孩子在家中玩耍。這時候，吹笛人來到村中，沿著巷弄吹起了神奇的曲調。小孩子們聽著聽著，快樂的跟隨著吹笛人輕快的腳步，往村外走去，像遊行隊伍般蹦蹦跳跳的消失在遠山樹林間。

做完禮拜的村民走出教堂，發現村莊裡出奇的安靜，小孩都不見了，紛紛急著尋找。最後，在村外的小路上，找到一個在路邊哭泣的跛腳小男孩，他哭著說，因為跟不上大家，只能眼睜睜的看著所有人隨著吹笛人愈走愈遠。村人恍然大悟，非常後悔當初不守承諾，既不感謝幫忙消滅鼠患的吹笛人，還誣指他是騙子，但是這時候後悔也來不及了。

很多年以後，在遙遠的群山裡，一處幽靜的山谷，芳草碧綠，溪水環繞處，有一個小小的村莊，村民們過著純樸快樂的生活。沒有人知道這些年輕的村民從哪裡來，何時來到這裡，只知道這裡的人以信守承諾聞名，每個人都視誠實為高貴的情操，這裡真是個和平寧靜的祥和之地。

難忘心情

〈吹笛人〉這個故事，是我五六歲時，我的小阿姨為我講的故事。那是假日的午後，小阿姨拿著一本沒有圖也沒有注音的文字書在讀，我好奇的問那是什麼書？小阿姨為了打發我，就念了書中開始的一段序言，以及童話故事〈吹笛人〉。聽完，我深深被故事情節所震撼，這世上竟有這樣的傳說呀！這也是這輩子第一次有人念故事給我聽，所以印象如此鮮明。長大以後，才發現〈吹笛人〉的故事結局，有各式各樣的版本，自己小時候聽到的，是相當美好正面的一個呢！

說故事的人

童嘉，臺大社會系畢業，曾任報社專欄組記者，專職民意調查執行與撰稿，其後為陪伴小孩成長，成為全職家庭主婦至今。

因為偶然的機會開始畫繪本，已出版《想要不一樣》、《我家有個烏龜園》、《不老才奇怪》、《千萬不要告訴別人！》、《小小姐姐慢吞吞》、《一定要選一個》等三十多本繪本、橋梁書與圖文創作；每天過著非常忙碌的生活，並且利用所有的空檔從事創作。

蠟翼人

故事採集·改寫／黃　海

故事來源／希臘神話

戴達勒斯是一位偉大的工程師和雕刻家，他所雕刻的石像，張開的眼睛炯炯有神，兩腿就像活生生在走路，令人驚嘆。

克里特島的國王米諾斯，有一個牛頭人身的兒子；為了保守這個祕密，他想建造一座迷宮，給牛頭人居住。正巧這個時候，戴達勒斯帶著兒子伊卡魯斯來到小島投靠國王；戴達勒斯憑著超凡的技藝為國王建成了迷宮——外面是蜿蜒不清、交錯迷亂的道路，人們一旦進入就走不出來。

住在迷宮裡的牛頭人，有著奇怪的需求，他要求每九年進貢七名男童和七名女童，送來給他吃掉。人民感到不滿，用計殺死了牛頭人。國王非常生氣，認為一定是戴達勒斯父子泄露機密，下令把他們父子關進迷宮的高塔裡；高塔四面都是海，再大的本事也逃不出去。

「怎麼辦呢，難道我們就老死在這兒？」

父子倆每天呆望著窗外大海和天空，愁眉不展，偶爾飛過的鳥群，啾啾鳴叫，像是在嘻笑。

「人為什麼不能像鳥一般飛呢？」戴達勒斯看見鳥兒的羽毛，從空中飄落下來，靈光一閃：「我想到辦法了……。」

戴達勒斯不斷蒐集羽毛，用蠟黏住羽毛，製造兩對人工翅膀，先

固定在自己身上，試著飛出高塔。他得意的盤旋空中，又像鳥兒一般飛回來，當他把翅膀接在伊卡魯斯身上，準備動身時，慎重的告誡兒子：

「不要飛得太低，翅膀沾濕了海水，你會飛不起來；

如果飛得太高，太靠近太陽，翅膀被燒焦，你也完了。你要看著爸爸，跟著飛才安全。」

戴達勒斯像老鳥帶著雛鳥，兩人展開了雙翼，衝向天空。父子一前一後飛著飛著。伊卡魯面對廣大的天空和大地，忘了爸爸的叮嚀，愈飛愈興奮，愈飛愈高，愈飛愈靠近太陽，他羽翼上的蠟，一下就被太陽融化了。

「爸爸，救命！」伊卡魯斯來不及呼救，就掉入海裡被波濤吞沒。

戴達勒斯回頭發現兒子不見了，傷心的對著天空和大海呼喚：

「伊卡魯斯！伊卡魯斯！」

戴達勒斯看到海面上漂浮的羽毛，知道兒子不幸落海。他很快的飛往附近的小島，發現被沖到沙灘上的兒子屍體，傷心欲絕的埋葬了兒子。這個島，日後被叫做伊卡利亞島，直到今天。

難忘心情

這是小時候在雜誌上看的連載漫畫，我依循著記憶重新整理寫出來。小時候印象最深刻的是——那個父親用自己製作的翅膀，帶著兒子飛出囚禁他們的高塔，兒子卻因為飛太高，使得蠟被融化而落海的情節。

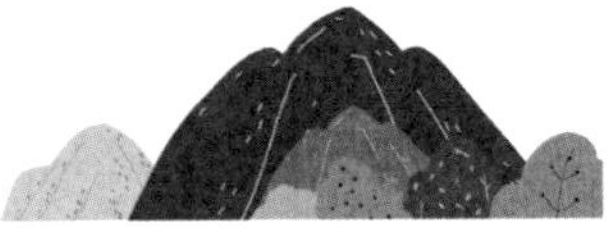

說故事的人

黃海，生於臺中市，臺灣師大歷史系畢業，曾任兒童科學周刊主編、聯合報編輯、靜宜及世新大學任教，作品涵蓋傳統文學與科幻文學，兒童與成人文學，有長短篇小說及童話和科幻理論，曾獲國家文藝獎、中山文藝獎等。重要作品有《百年虎》、《大鼻國歷險記》、《嫦娥城》、《黃海童話》、《科幻文學解構》等。

落榜的金冠鐵人

故事採集・改寫／廖炳焜

故事來源／口傳故事

森林王國今天好熱鬧，因為很多動物都報名參加獅大王舉辦的「鐵人三項」比賽。

獅大王站在高高的臺上，宣布比賽規則：「跑步、飛行、游泳三項總分最高的，可以獲選為『金冠鐵人』。」

率先登場的是跑步比賽。

「砰！」選手們聽到槍響，都爭先恐後向前直奔。

「哈哈！連這種本事也來參加！」觀眾席上爆出笑聲。原來老鷹在原地猛拍翅膀，猛跺腳，就是前進不了；海豚則只能在地上滾，肚皮因而擦傷，被醫護人員抬出場。

終於進入決賽，「黑豹加油！黑豹加油！」「羚羊加油！」加油聲此起彼落。

最後，黑豹以些微差距超越羚羊，奪得金牌。鴨子雖然沒得名，但也順利抵達終點。

接著是飛行比賽。「呵呵！看我的！」老鷹一吐之前的悶氣，振起翅膀，一飛衝天，順利奪得飛行比賽的金牌；鴨子飛抵終點時，雖然成績不理想，但又順利晉級；黑豹和海豚儘管使盡吃奶的力氣，還是只能在原地跳躍，無緣進入決賽。

最後登場的是游泳比賽。槍聲一響，海豚一躍入水面，就遠遠甩開所有選手，率先抵達對岸；老鷹雖然勇敢的跳下水，卻是蜻蜓點水般掠過水面，被判犯規出局；黑豹在岸邊尋尋覓覓，就是找不到水淺的地方過河，失去晉級的機會；倒是鴨子的腳掌在水面下划呀划，划到對岸，又獲得進入決賽的資格。

鐵人三項比賽終於結束，獅大王站到臺上，準備宣布比賽結果，選手和觀眾們在臺下屏息以待。

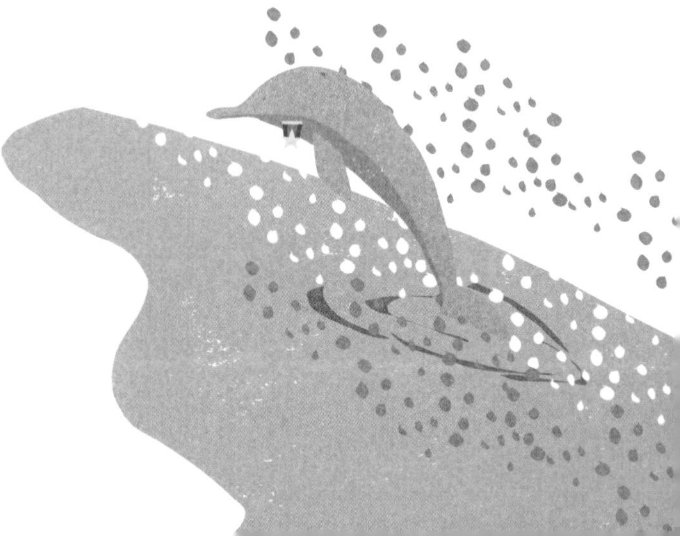

獅大王打開評分表，高聲宣布：「總結選手們的三項成績，獲得本屆『金冠鐵人』的就是——鴨子！」

「啊——」

「怎麼會是鴨子！」

臺下頓時湧起驚訝聲！抗議聲！嘆息聲！臭罵聲……。

裁判長獅王后解釋說：「參賽的選手會飛的不會跑；會跑的不會游；會游的不會飛，鴨子會跑會游也會飛，沒有一項得零分，所以鴨子就當選這一屆的『金冠鐵人』。」

臺下的喧譁頓時變成啞口無言。

比賽落幕了，鴨子搖搖擺擺，戴著金冠興高采烈的回家了。

隔一年，森林王國甄選三軍部長，好多動物都報名應徵，錄取名單很快就公布：「陸軍部長：黑豹；海軍部長：海豚；空軍部長：老鷹。」

鴨子看到榜單，氣沖沖的跑回家，捧著金冠去向獅大王抗議：「為什麼沒錄取我？您忘了，我是金冠鐵人哪！」

獅大王笑著說：「對不起，金冠鐵人，我當然記得你飛不如鷹；跑不如豹；游泳不如海豚，我如何錄取你？不然——你就來王宮裡當個辦事員吧！」

1

難忘心情

忘記在哪裡聽到這個故事。當時我就想，把一隻老鷹塞進「游泳訓練班」；把海豚送進「飛行特訓班」，根本是一場災難。

其實，鴨子也不用太傷心，在獅大王身邊好好幹，說不定會是一個很好的「祕書長」人選哦！

說故事的人

廖炳焜，臺東大學兒童文學研究所畢業。得過一些兒童文學創作獎，自認不是作家，只是一個「愛說故事的人」。出版有《聖劍阿飛與我》、《大野狼與小飛俠》、《我們一班都是鬼》、《我的阿嬤16歲》、《老鷹與我》、《板凳奇兵》、《來自古井的小神童》、《火燒厝》等書。曾獲得好書大家讀好書推薦、金鼎獎入圍。

平日熱愛單車運動，常吹牛：「沒有上不了的坡，沒有過不了的河。」目前除了寫作，也常和老師、家長們分享親子共讀以及閱讀寫作的經驗。

狐狸嫁女

說故事．改寫／子魚
故事來源／日本民間故事

山坡上有一片桃花林，春風吹進去後，粉紅的桃花就一朵一朵盛開了；春風吹出來時，粉紅的花瓣就一片一片飄哇飄！

老狐狸拄著拐杖站在一塊岩石上。他望向東邊，東邊陽光很刺眼，他還用手遮了一下；他望向西邊，西邊烏雲很濃，他知道那裡在下雨。

「太陽雨！」老狐狸微微一笑。「今天是嫁女兒的好日子。」

老狐狸跳下岩石往桃花林跑。他必須在大雨與陽光同時來到桃花林時，準備好嫁女的工作。他已經等了一段日子，這種日子是很難遇到的。

「出發了！」老狐狸舉起拐杖說。

狐狸嫁女的隊伍從桃花林出發。

開路的狐狸提著燈籠；前方的狐狸拿著籃子灑桃花瓣；中間的狐狸揮著彩帶；一頂桃花紅的轎子由幾隻壯碩的狐狸扛著；後面的狐狸舉著五顏六色的旗子。

老狐狸敲著竹板走在轎子前面，喀！喀！喀！他每敲一下，隊伍就走一步。他不時回頭望一望轎子。一陣風掀開簾子，白狐狸坐在轎子中央，她是美麗的新娘子。走在轎子旁邊的是一隻帥氣的紅狐狸，他是新郎。

太陽雨下起來了。細細的雨絲灑進桃花林；柔柔的陽光照進桃花林。

這一天，男孩石泉來到山坡上玩耍。雨來了，他跑進桃花林裡，想要找地方躲雨。

「哇！桃花開了！好美呀！」石泉輕輕叫著。

他被眼前的美景吸引住，像是石頭人似的一動不動站在原地，任由雨絲打在身上；桃花瓣落在臉上。他拿出身上的笛子，準備吹一首曲子。

石泉聽見林間小路傳來喀！喀！喀！的聲音。他好奇的往聲音的方向望去。一列狐狸隊伍踩著奇怪的步伐，按照竹板的節奏走過來。

石泉忘記躲起來，只是驚訝的叫一聲：「狐狸！」

一群奇怪的狐狸，穿著美麗的衣裳，排成華麗的隊伍，中間有一頂轎子。

「天哪！難道是傳說中『狐狸嫁女』？真讓我撞見了！」石泉心中大吃一驚。

他趕緊躲在桃樹後面，露出一雙眼睛偷看。狐狸的隊伍一步一步的從他眼前經過。當轎子來到他的前方時，忽然，老狐狸把竹板敲得很急，喀！喀！喀！喀！喀！大喊一聲：「停！」

石泉很訝異，心想：「咦！怎麼停下來了？」

他剛剛想到這兒，老狐狸不知什麼時候已經站在他的後面。

「喝！」老狐狸大吼一聲。「你膽敢在這裡偷看我嫁女兒。」

石泉嚇得從桃樹後面，又跌又爬的出來，蹲在老狐狸旁邊。

「你難道不知道，看見我們狐狸嫁女兒，會發生可怕的事情嗎？」

老狐狸拿著拐杖嚴厲的指著他說。

太陽雨雖然輕飄飄的，卻也將石泉淋得濕答答。一陣風又吹過來，不知是冷還是害怕，他在發抖。

「我，我，我只是好奇！」石泉吞吞吐吐的說。「會，會，會發生什麼事情？」

「一年遇不上幾次太陽雨，我們專挑這難得的日子嫁女兒。為了避免人類打擾，老祖宗下了詛咒：凡是看見狐狸嫁女的人，都要變成石頭人。」

老狐狸搖搖頭，又說：「你竟敢躲在這裡偷看，我非把你變成石頭人不可。」

「不！」石泉大叫。

已經來不及了。老狐狸的拐杖舉得高高的，只要輕輕往石泉身上一點，可怕的事情就會發生。

風吹得很急，桃花瓣也落得很急。石泉蹲在地上抱著頭緊閉雙眼，他不知道該怎麼辦？只能任由老狐狸處置。一股淡香飄過來。

「爸爸！等一下。」白狐狸不知何時已經站在轎子外面，她試圖制止。

「什麼事？」

「先別急著把他變石頭人。」

「為什麼？」

「我發現他腰間繫著一根笛子，想必他會吹。」白狐狸微微一笑說。

「會吹笛子又怎樣？」老狐狸不以為然。

「我們這隊伍只有您敲著竹板喀！喀！喀！實在單調。我想要一點音樂，我想要熱鬧。」

「我也這麼認為，就給他一次機會吧！」紅狐狸說。「新娘子高興了！我們開心了！他不必變成石頭人。爸爸！您看怎麼樣？」

老狐狸想了想，覺得也是有點道理，勉強點點頭。

「你能吹笛子嗎？」

石泉猛點頭，趕緊拿起笛子吹一曲試試。老狐狸滿意的點點頭。

「很好！」老狐狸擠出笑容，說，「你走在我前面吹笛子，要吹愉快的曲子。」

石泉拍拍身上的塵土，拿起笛子，神情專注的吹出〈桃花送暖〉。笛聲一起，隊伍前進了，大家隨著曲子，不由得晃動身體，跳起舞來。

太陽雨停了。桃花瓣依然隨風飄啊飄。一道彩虹掛在西邊的天空，笛聲悠揚，狐狸嫁女的隊伍，往彩虹盡頭的方向走去。

難忘心情

日本大導演黑澤明拍過一部電影《夢》，其中的《太陽雨》講了狐狸娶親的故事。它是民間故事，日本、韓國都有相似的題材。

我問母親：臺灣有嗎？母親說臺灣沒有狐狸，所以不會有類似的民間故事。

父親是從大陸來臺的老兵，是山東人，他說山東有狐狸，聽過類似的故事。故事內容已經模糊了，但他還是一半原創，一半依模糊的記憶，把〈狐狸嫁女〉的故事講給我聽。這是一則浪漫的故事，讓我對狐狸產生好感，也記憶深刻。

說故事的人

子魚，本名孫藝玨，兒童文學作家。寫詩、寫童話和小說，愛講故事，愛閱讀，更愛運動。臺東大學兒童文學研究所碩士，天津師大比較文學博士。個性活潑開朗，喜歡跑步。曾經得過信誼幼兒文學獎等獎項，作品有《詩人，你好》、《在那一年的鬼怪》等書。

國家圖書館出版品預行編目 (CIP) 資料

111 個最難忘的故事 . 第四集 , 十二扇窗 / 劉旭恭
等合著 ; 林雅萍繪 . -- 初版 . -- 新北市 : 字畝文化創
意出版 : 遠足文化發行 , 2018.06
面 ; 公分 . -- (Story ; 9)
ISBN 978-986-96398-5-9(平裝)
859.6 107009076

Story 009

111個最難忘的故事 第四集 十二扇窗

作者｜劉旭恭、陳景聰、黃文輝、陳素宜、王宇清、石麗蓉、黃基博、
王春子、鄭宗弦等 合著
繪者｜林雅萍

字畝文化創意有限公司
社 長｜馮季眉
責任編輯｜洪 絹
主 編｜許雅筑、鄭倖伃
編 輯｜戴鈺娟、陳心方、李培如
特約編輯｜陳玫靜
封面設計｜三人制創
內頁設計｜張簡至真

出版｜字畝文化創意有限公司
發行｜遠足文化事業股份有限公司 (讀書共和國出版集團)
地址：231 新北市新店區民權路 108-2 號 9 樓
電話：(02) 2218-1417 傳真：(02) 8667-1065
客服信箱：service@bookrep.com.tw
網路書店：www.bookrep.com.tw
團體訂購請洽業務部 (02) 2218-1417 分機 1124

法律顧問｜華洋法律事務所 蘇文生律師
印 製｜中原造像股份有限公司

2018 年 6 月 21 日初版一刷 定價：320 元
2023 年 9 月 初版十刷
ISBN 978-986-96398-5-9 書號：XBSY0009

特別聲明：有關本書中的言論內容，不代表本公司／出版集團之立場
與意見，文責由作者自行承擔